Bjørn Ingvaldsen

Wie Balder es schaffte, einen Blitz zu fotografieren, und es fast nicht überlebte

Weitere Titel des Autors:
Lucy's Song

Titel in der Regel auch als E-Book erhältlich

Bjørn
Ingvaldsen

WIE BALDER ES SCHAFFTE, EINEN BLITZ ZU FOTOGRAFIEREN, UND ES FAST NICHT ÜBERLEBTE

Aus dem Norwegischen
von Christel Hildebrandt

Boje

MIX
Papier aus verantwortungsvollen Quellen
FSC® C014496

Die Übersetzung dieses Buches entstand
mit der freundlichen Unterstützung von NORLA.

Dieser Titel ist auch als E-Book erschienen

Titel der norwegischen Originalausgabe:
»Bloddråpetreet«

Umschlaggestaltung: Gisela Kullowatz
Satz: Dörlemann Satz, Lemförde
Gesetzt aus der Adobe Garamond
Druck und Einband: GGP Media GmbH, Pößneck

Printed in Germany
ISBN 978-3-414-82347-2

5 4 3 2 1

Sie finden uns im Internet unter:
www.boje-verlag.de

Der Lehrer stand am Fenster. Draußen regnete es. Ein Auto parkte mitten auf dem Schulhof. Ein Kleinlaster. Von der Turnhalle her kamen einige angelaufen. Sie liefen schnell, um nicht nass zu werden. Rikke legte das Buch hin, aus dem sie gerade laut vorgelesen hatte, und drehte sich zu mir um. Das tat auch der Rest der Klasse. Alle drehten sich zu mir um.

»Du bist dran mit Lesen«, sagte sie, »ab hier.«

Sie zeigte in mein Buch, das aufgeschlagen vor mir auf dem Tisch lag.

»Du bist dran«, sagte sie noch einmal laut, »lies.«

Ich schaute auf das erste Wort. *Das Parlament,* stand dort. »Das Parlament«. Ich öffnete den Mund, um laut vorzulesen. Der Abschnitt handelte davon, dass das Parlament alle Gesetze in Norwegen verabschiedet. Es entscheidet, was die Leute tun müssen und was sie nicht tun dürfen. Wie schnell sie fahren dürfen, wie lange sie arbeiten dürfen, wie viel Steuern sie bezahlen müssen. Es entscheidet, was die Schüler in der Schule lernen sollen, dass sie Mathe und Englischunterricht haben sollen. Und dass sie laut aus Büchern vorlesen sollen. All das bestimmt das Parlament.

Ich starrte auf das Wort und öffnete den Mund. Etwas lief mir aus der Nase. Etwas Warmes, Klebriges, es war fast süß und fast salzig.

»Ballaballa blutet«, sagte Alex. »Nasenbluten.«

»Das sehe ich«, sagte der Lehrer.

Ich beugte mich über das Buch und ein Bluttropfen fiel mitten zwischen die beiden Seiten. Das Blut lief in den Spalt zwischen den Bögen. Der Bluttropfen sah aus wie ein Baum. Ich klappte das Buch zu. Der Lehrer kam mit einem Stück Haushaltspapier, das ich mir unter die Nase hielt.

»Alles in Ordnung mit dir?«, fragte er.

Ich nickte.

Der Lehrer zeigte auf Nico hinter mir.

»Lies du«, sagte er.

Nico las laut über das Parlament. Über das Parlament und alle Gesetze. Über das Parlament, das alles entscheidet.

Ich hatte Nasenbluten.

Es war früh am Freitagmorgen. Mama war als Erste aufgestanden. Kurz darauf konnte ich auch Papa hören. Er war im Bad und rasierte sich. Mein ganzes Leben lang höre ich immer die gleichen Geräusche, sicher schon seit meiner Geburt. Meine Mutter, die aufsteht, aufs Klo geht, und dann in die Küche, um Kaffee aufzusetzen. Mein Vater, der kurz nach ihr aufsteht und dann den Rasierapparat vier Minuten brummen lässt. Ich gucke immer auf die Uhr. Es sind immer vier Minuten. Sicher hat er noch nie die Zeit selbst gestoppt, er weiß nicht, wie viel Zeit er braucht. Ich habe es gemacht. Papa braucht vier Minuten. Dann schaltet er den Rasierapparat aus und ruft nach mir. Ich weiß, wenn die Maschine anfängt zu brummen, dann habe ich noch vier Minuten, bis ich aufstehen muss.

»Balder!«, rief er. »Aufstehen.«

Ich trottete ins Bad. Papa stand mit der Zahnbürste im Mund da. Er putzt sich immer die Zähne vor dem Frühstück. Mama frühstückt lieber, bevor sie sich zurechtmacht.

»Gut geschlafen?«

»Uhmm«, antwortete ich.

»Das ist gut.«

Draußen vor dem Vogelhäuschen auf der Terrasse sah ich vier

Spatzen. Die Gleichen wie jeden Morgen. Ich hatte ihnen Brotkrümel und Samen hingelegt. Die Spatzen wohnen in den Bäumen hinten in unserem Garten. Wenn ich zu spät mit dem Futter komme, sitzen sie auf dem Zaun und starren auf das leere Brett. Das Vogelhäuschen steht auf einem hohen Pfahl, ich muss auf einen Stuhl klettern, um mit dem Futter oben anzukommen. Es ist so hoch, damit die Katzen nicht drankommen. Sie fangen Vögel. Die Katzen. Draußen im Garten habe ich noch zwei Futterhäuschen. In das eine legen wir oft Reste vom Mittagessen. Fleisch oder Fisch. Und Gemüse. Der Trick dabei ist, nicht zu viel hinzulegen. Sonst fällt es hinunter in den Garten. Das kann Ratten anlocken. Und die wollen wir hier nicht haben, sagt meine Mutter.

Ein kleiner brauner Vogel saß auf dem Dach des Vogelhäuschens.

»Guck mal«, sagte ich zu Mama, »das ist ein Zaunkönig. Oder? Das ist doch ein Zaunkönig, nicht wahr?«

»Ich weiß es nicht«, erwiderte sie.

»Das ist bestimmt ein Zaunkönig«, sagte ich.

Mama schaute mich an, als ich losgehen wollte.

»Willst du so früh schon los?«

»Ist am besten so«, antwortete ich.

»Du gehst gern rechtzeitig los.«

Das sagt sie immer. Fast jeden Tag.

»Dein Schulbrot liegt auf der Kommode im Flur. Hast du an dein Sportzeug gedacht?«

»Wir haben heute keinen Sport.«

»Ach ja, stimmt ja …«

»Tschüs.«

»Tschüs.«

Ich ging auf den Flur und rief die Busauskunft an, um nachzufragen, ob es auch keine Veränderungen im Fahrplan gab. Es gab keine. Dann ging ich los. Ich schloss die Tür vorsichtig hinter mir, damit sie keinen Lärm machte, nicht knallte. Papa hat einmal gesagt, das sei das Unhöflichste, was er sich denken kann, wenn die Leute mit den Türen knallen. Kinder, die mit den Türen knallen. Ich schloss sie vorsichtig.

Ich musste fast eine Viertelstunde warten, bis der Bus kam. Es war ziemlich kalt, und um nicht zu frieren, hüpfte ich ein bisschen auf der Stelle. Die Bustüren glitten auseinander und ich konnte die Wärme drinnen spüren. Nancy fuhr heute den Bus.

»Da ist ja mein treuester Fahrgast«, sagte sie und lächelte mir zu. »Hast du schon lange gewartet?«

»Ja«, antwortete ich.

»Und ich tippe mal, du hast vorher kontrolliert, ob der Fahrplan auch stimmt?«

Ich nickte.

»Offenbar fährst du gern Bus«, sagte sie und lächelte erneut. »Es ist schön, dass du vorher immer mit nach Vik fährst. So früh morgens nimmt sonst niemand den Bus in die Richtung.«

Ich setzte mich auf den Sitz neben Nancy. Ganz vorn, an der Tür. Nancy nickte in den Spiegel und fuhr aus der Haltebucht heraus. Sie hatte den Fahrkartenautomaten und den Behälter mit dem Wechselgeld noch nicht an Ort und Stelle gepackt. Das macht sie immer erst während der Wartezeit in Vik. Dort steht sie, bis es an der Zeit ist, dass sie so richtig losfahren kann, um die Kinder abzuholen, die zur Schule müssen.

»Gestern musste ich Überstunden machen«, erzählte Nancy.

»Der Neue ist nicht aufgetaucht, bestimmt hat er verschlafen. Stell dir vor, er hat erst vor drei Wochen bei uns angefangen. Und schon zweimal verschlafen. Zur Abendschicht. So eine Schlafmütze.«

»Eine richtige Schlafmütze«, nickte ich.

»Ich tippe mal, wenn du anfängst zu arbeiten, wirst du später so einer, der immer pünktlich erscheint. Nicht wahr, Balder, mit dir wird es keine Probleme geben?«

»Nein, mit mir wird es keine Probleme geben«, bestätigte ich.

»Und wie sieht es aus, willst du immer noch Busfahrer werden?«

»Ja, oder aber Zahnarzt.«

»Zahnarzt ist besser, du. Die verdienen viel mehr. Und sie müssen nicht im Schichtdienst arbeiten. Das ist besser als Bus zu fahren.«

»Ja, ich werde es mir überlegen.«

»Und, läuft es gut in der Schule? Hast du viele Einsen?«

»Ja, es läuft gut. Aber solche Zensuren kriegen wir noch nicht.«

»Nein, das stimmt. Ihr kriegt solche Zensuren ja nicht.«

Nancy musste bremsen. Ein Auto bog direkt vor dem Bus auf die Straße ein.

»Blödmann«, murmelte Nancy. »Der war bestimmt noch nicht ganz wach. Vielleicht hatte er ja auch keine Lust, heute zur Arbeit zu gehen.«

»Woher weißt du das?«

»Nein, das weiß ich natürlich nicht, aber ich tippe das mal. Vielleicht möchte er auch gern mit einem Bus zusammenstoßen. Dann könnte er blaumachen.«

»Blaumachen?«

»Wir hatten vor vielen Jahren mal einen bei uns, der hat das so gemacht. Er hat Busunfälle verursacht, sodass es zum Schaden kam. Und das mehrere Male. Zum Schluss haben sie herausgefunden, dass er das mit Absicht gemacht hat. Weil er keine Lust hatte, Bus zu fahren.«

»Wieso hatte er keine Lust?«

»Das weiß ich nicht. Vielleicht waren ihm das zu viele Menschen. Oder er wollte die Verantwortung nicht übernehmen. Jedenfalls musste er aufhören, als sie herausgekriegt haben, dass er das mit Absicht gemacht hat. Weg war er.«

Vielleicht ist er ja weggezogen, dachte ich, woanders hingezogen und hat dort einen Job gefunden, der ihm gefallen hat. Aber das sagte ich Nancy nicht. Sie fuhr gerne Bus. Obwohl, vielleicht fuhr sie ihn auch nur so. Ohne es wirklich zu mögen.

Nancy bremste vor einer roten Ampel.

»Baustelle«, sagte sie. »Hier soll ein neuer Kreisverkehr gebaut werden.«

»Warum das?«

»Die alte Kreuzung ist zu gefährlich. Hier gab es einen Unfall. Dabei ist jemand gestorben. Ich glaube, deshalb wollen sie es jetzt besser machen.«

»Wer ist gestorben?«

»Irgendein Tourist, glaube ich. Das ist schon ziemlich lange her.«

»Es gibt viel, was ziemlich lange her ist.«

»Ja«, nickte Nancy. »Da gibt es viel. Nur schade, dass die großen Bäume gefällt werden müssen. Die sind bestimmt schon sehr alt.«

»Und sehr hoch«, sagte ich.

»Riesig hoch.«

Es wurde grün. Ich sah ein paar Baumaschinen am Straßenrand stehen. Ein Mann hob die Hand und winkte uns zu.

»Kennst du den?«, fragte ich Nancy.

»Nein, oder vielleicht doch. Es gibt viele, die die Busfahrer grüßen, weißt du. Wir sehen viele Leute im Laufe des Tages. Und einige erkennen uns wieder. Aber viele von denen erkenne ich nicht wieder.«

»Aber mich erkennst du wieder«, sagte ich.

»Ja, dich erkenne ich wieder. Und viele der anderen, die jeden Morgen den Schulbus nehmen.«

»Vielleicht fahre ich demnächst stattdessen mit dem Fahrrad«, sagte ich.

»Da musst du aber vorsichtig sein«, sagte Nancy. »Es gibt viel Verkehr.«

»Ich habe keine Angst vor Autos.«

»Autos können aber gefährlich sein.«

»Ich habe trotzdem keine Angst.«

Doch dann überlegte ich, dass ich doch lieber nicht mit dem Fahrrad fahren wollte. Denn wenn ich Fahrrad fahren würde, hätte ich niemanden, mit dem ich reden konnte. Keine Nancy.

Wir kamen in Vik an. Nancy drehte unten am Kai eine Runde, um zu wenden. Dann warteten wir eine Weile. Und anschließend ging der Weg zurück in die Stadt. Die ersten Schüler standen gleich hinter dem Kai vor dem Busunterstand. Nancy öffnete die Tür und ließ sie herein. Mit ihnen kam kalte Luft in den Bus. Keiner von ihnen grüßte uns, obwohl sie doch jeden Morgen den Bus nahmen. Die meisten setzten sich ganz hinten hin. Es wurde etwas laut, aber nicht sehr.

»Das waren aber viele müde Gesichter«, sagte Nancy.

Sie fuhr weiter. An fast jeder Haltestelle standen Kinder, die auf den Bus warteten. Ein paar Erwachsene waren auch darunter. Leute, die zur Arbeit wollten. Eine Dame setzte sich neben mich. Sie unterhielt sich ein wenig mit Nancy. Wahrscheinlich kannten die beiden sich schon seit vielen Jahren. Zum Schluss war der Bus richtig voll. Jetzt war es auch ziemlich laut hier drinnen. Als Nancy vor der Schule anhielt, sprangen viele hinaus.

»Na, die haben es aber eilig, in die Schule zu kommen«, sagte Nancy zu der Dame neben sich. Ich wartete, bis die anderen alle draußen waren. Dann verließ ich auch den Bus.

»Tschüs«, sagte ich zu Nancy.

»Tschüs«, sagten sie und die Dame. Und dann fuhr der Bus ab.

Ich überquerte die Straße und ging durch das Tor. Die Schule war ein großes rotes Gebäude, aus Ziegelsteinen gebaut. Es war ziemlich alt, Papa war schon auf die gleiche Schule gegangen. Auf der einen Seite des Schulhofs lag die Turnhalle. Das war ein eigenes Gebäude und man musste über den Schulhof, um dorthin zu kommen. Auf der anderen Seite des Schulhofs war der Unterstand. Dort konnte man unter einem Dach stehen, wenn es regnete. Allerdings war es dann immer brechend voll dort. Bei schönem Wetter stand niemand dort, weil es nach Pisse stank. Manchmal lagen montags zerbrochene Bierflaschen unter dem Unterstand.

Ich setzte mich auf die Mauer bei den Mülleimern. Es kamen noch mehrere Schulbusse, sie blieben kurz vor dem Eingang stehen und ließen die Fahrgäste hinaus. Hinten an der Straße hielten die normalen Autos, um Schulkinder abzusetzen. Sie durften nicht ganz bis zum Eingang fahren. Die Gemeinde hatte dort eine Art Graben angelegt, über den nur Busse fahren konnten. Einige Schüler kamen auch mit dem Fahrrad. Sie stellten ihre Räder am Zaun und an den Fahrradständern hinter der Turnhalle ab. Und wieder einige kamen zu Fuß zur Schule. Das waren die, die am nächsten dran wohnten. Ich saß jeden Morgen hier und guckte, wie die anderen ankamen. Und es war immer das Gleiche. Zuerst kamen die, die den Bus nahmen. Dann kamen die, die von den Eltern gebracht wurden. Anschließend die auf dem Fahrrad. Und zum Schluss kamen die, die zu Fuß zur Schule gingen. Ziemlich viele kamen auch zu spät. Jedes Mal, wenn es zur ersten Stunde läutete, waren noch Schüler auf der Straße, und fingen dann an zu laufen. Wenn es klingelte, stand ich auf und ging zur Tür. Nicht zu schnell und nicht zu langsam. An der Turnhalle flog ein Schwarm Spatzen auf. Vielleicht hatten sie mich ja gesehen. Hatten mich wiedererkannt. Früher, als ich noch jünger war, hatte ich den kleinen Vögeln zugewinkt. Das tat ich jetzt nicht mehr. Jetzt ging ich nur ganz ruhig hinein. Ich kam eigentlich immer zusammen mit dem Lehrer an der Tür zum Klassenzimmer an. So konnte ich geradewegs hineingehen und mich setzen.

Zwei aus meiner Klasse standen direkt vor der Tür zum Mädchenklo, hielten die Klinke fest und unterhielten sich. Ich konnte hören, dass jemand von drinnen gegen die Tür klopfte. Die beiden lachten. Ich wusste, wen sie auf dem Mädchenklo eingesperrt hatten. Nico. Sie sperrten immer Nico ein. Seitdem er klein war. In der Turnhalle oder in einem der Schränke vor den Werkräumen. Oder auf dem Klo. Nico rief ihnen etwas zu, aber ich konnte nicht hören, was. Die Tür war ja zu. Auch ein paar Mädchen standen da und schauten zu. Sie wollten sicher auf Toilette. Unser Lehrer kam aus dem oberen Stockwerk die Treppe herunter. Die beiden Jungs ließen die Tür los und gingen zu unserem Klassenraum. Nico rief wieder von drinnen. Dann drückte er die Klinke runter und stellte fest, dass sie nicht mehr versperrt war. Er kam auf den Flur und stieß fast mit unserem Lehrer zusammen.

»Was hast du da drinnen gemacht?«, fragte der Lehrer.

»Nichts«, antwortete Nico.

»Das ist eine Mädchentoilette.«

»Ich habe mich geirrt.«

»Er ist eingesperrt worden«, sagte eines der Mädchen, die dabeigestanden hatten. Eine aus einer anderen Klasse. »Er ist von den beiden eingesperrt worden.« Sie zeigte auf Steffen und Krister.

»Was ist das wieder für ein Blödsinn?«, fragte der Lehrer die beiden. »Waren wir uns nicht einig darüber, dass ihr Nico in Ruhe lassen sollt? Habt ihr wieder angefangen, ihn zu ärgern?«

»Wir haben nur Spaß gemacht«, sagte Krister.

»Er hat selbst mitgemacht«, sagte Steffen, »er wollte das.«

Der Lehrer schaute Nico an.

»Ich wollte das auch«, sagte der.

»Sag mir Bescheid, wenn sie dich ärgern«, sagte der Lehrer.

»Ja, schon klar«, sagte Nico.

Aber dem Lehrer würde er niemals etwas sagen. Nie im Leben. Niemand tat das. Ich auch nicht. Obwohl ich hätte sagen sollen, dass sie Nico geärgert hatten.

Wir bekamen unsere Hefte vom Montag zurück. »Schön, Balder«, hatte der Lehrer hineingeschrieben. »Du hast gut gearbeitet.« Ich packte das Heft lächelnd in die Tasche, das konnte ich Nancy zeigen. Falls sie heute den Bus auch zurück fuhr. Wahrscheinlich würde das Nancy sein. Dem Lehrer hatte das gefallen, was ich geschrieben hatte. Und gezeichnet. Es ging um Vögel. Kleine Vögel. Nancy mag Vögel gern. Sie hat einen Wellensittich zu Hause, das hat sie mir erzählt. Mir fiel ein, dass ich wegen Verspätungen nachfragen sollte. Ob es keine Veränderungen im Fahrplan gab. Aber in der Schule waren keine Handys erlaubt. Eigentlich sollte das erlaubt sein.

Der Lehrer teilte den Plan für die kommende Woche aus. Wir sollten etwas über das Wetter und die Wetterverhältnisse erarbeiten. Jemand fragte, was das sein sollte.

»Regen, Sturm, Schnee, Ebbe und Flut, Sonne und Mond«, sagte der Lehrer.

»Mit Präsentation?«, fragte Silje.

»Genau«, nickte der Lehrer, »das steht im Plan. Die Präsentation ist die Woche darauf.«

Viele stöhnten laut.

»Ich weiß nichts über Sonne und Ebbe und Flut«, sagte Steffen.

»Das wollen wir ja gerade nächste Woche lernen«, sagte der Lehrer. »Aber vielleicht möchten einige schon jetzt über das Wochenende überlegen, worüber sie schreiben wollen? Es gibt viele spannende Themen.«

»Ich schreibe über den Regen«, sagte Krister. »Plitsch, platsch, es regnet. Ich habe keine Lust, rauszugehen. Ende.«

Viele lachten. Der Lehrer auch.

»Vielleicht solltest du ein klein wenig mehr aus deinem Thema machen«, sagte er. »Und dann werdet euch einig, wer mit wem zusammenarbeitet.«

Alle redeten durcheinander. Es endete damit, dass die meisten mit denen zusammenarbeiten wollten, mit denen sie es sowieso schon immer taten.

»Können wir auch drei in einer Gruppe sein?«, fragte Aina. »Sonst hat Lisa keinen, mit dem sie zusammen ist.«

»Ich kann es auch allein machen«, sagte Lisa.

Der Lehrer schaute mich an.

»Mit wem willst du zusammenarbeiten?«

Ich antwortete nicht. Keiner in der Klasse hob die Hand und sagte, er wolle mit mir eine Gruppe bilden, das macht nie einer.

»Ich kann es auch allein machen«, sagte Lisa wieder.

»Kann sie nicht mit Katrine und mir zusammen sein?«, fragte Aina noch einmal. »Dann muss sie nicht allein arbeiten.«

Ich schaute Lisa an.

»Okay«, sagte der Lehrer, »ihr könnt zu dritt in einer Gruppe sein. Aber dann müsst ihr besonders gut zusammenarbeiten.«

»Aber wir sollen doch erst nächste Woche damit anfangen, oder?«, fragte Krister.

»Ja, eigentlich schon, aber fürs Wochenende sind starker Regen und Gewitter vorausgesagt. Vielleicht will sich jemand davon inspirieren lassen.«

»Erst müssen wir das lernen, was dazugehört«, meinte Aina, »dann können wir unser Referat hinterher machen.«

»Dürfen wir den Computer benutzen?«, fragte Katrine. »Ich meine, für die Präsentation?«

»Ihr könnt gern Bilder für die Präsentation aus dem Internet herunterladen – für die Präsentation können wir dann den Beamer benutzen. Aber ihr müsst selbst erzählen und erklären.«

Ich überlegte, was ich machen sollte. Vielleicht konnte ich mit jemandem reden und so etwas übers Wetter erfahren. Viele wissen etwas übers Wetter. Edwin zum Beispiel. Er fährt oft den Bus, wenn Nancy es nicht tut. Er redet die ganze Zeit übers Wetter. Darüber, was in den Wetternachrichten im Radio gesagt wurde. Und wenn das Wetter anders wird als vorhergesagt, dann sagt er immer, dass man sich auf die Meteorologen nicht verlassen kann. Manchmal zeigt er auch in den Himmel und sagt, das Wetter wird so und so werden. Er sagt, das kann er an den Wolken oder am Licht erkennen. Oft hat er damit recht. Vielleicht kann ich ja mit Edwin übers Wetter reden, ein paar Tipps von ihm bekommen. Das würde dem Lehrer bestimmt gefallen, wenn ich eine Präsentation mache, bei der ich erzähle, wie man an den Wolken erkennen kann, wie das Wetter wird. Ich kann Edwin fragen, dachte ich. Wenn er heute den Bus fährt, nachher auf dem Heimweg. Ich kann bis Vik fahren und dort im Bus sitzenbleiben. Dann ist genug Zeit, dass ich viel fragen kann. Aber wenn Nancy fährt, dann bringt das nichts. Sie weiß nichts über das Wetter. Vielleicht weiß sie aber, wo Edwin wohnt. Oder kennt seine Telefonnummer. Ich kann ja mal fragen. Eigentlich denke ich, man kann sich auf die Meteorologen verlassen. Sie machen ihre Arbeit sicher so gut sie können. Vielleicht werde ich später Meteorologe. Oder Busfahrer. Oder Ornithologe, so einer, der über Vögel forscht.

Plötzlich stand der Lehrer vor mir.

»Es hat geläutet«, sagte er. »Es ist Pause. Hast du die Klingel nicht gehört?«

»Nein.«

»Die anderen sind schon draußen, du musst auch rausgehen.«

»Ja, klar.«

Ich ging hinaus und setzte mich in den Unterstand, hinten bei den Mülleimern. Von dort konnte ich auf die Straße gucken. Auf die Autos, die vorbeifuhren. Und auf die Busse. Ich konnte keinen Fahrer entdecken, den ich kannte. Also holte ich die Tüte heraus, die ich mitgenommen hatte, und warf den Vögeln draußen auf dem Bürgersteig Brotkrümel zu. Die hatten anscheinend schon darauf gewartet. Ich erkannte viele von ihnen wieder. Es waren jeden Tag die Gleichen. Ich kannte die Namen aller Arten. Aller.

Ich saß in meinem Zimmer am Fenster und guckte hinaus. Schwarze Wolken hingen über den Nachbardächern. Vor mir lag das Buch, das wir in der Schule gerade benutzten. Darin waren Zeichnungen von Sonne, Mond, Wolken und Regenwetter. Ich las darüber, was alles notwendig ist, damit das Wetter so wird, wie es ist. Über die Meeresströmung von Mexiko und das Eis in der Arktis. Und darüber, wie die Winde das Wetter verändern. Manchmal ist der Himmel blau und das Wetter richtig schön, doch dann können Wolken aufziehen und es kommt Regen. Einige Bilder zeigten, was die Natur alles zustande bringt: Katastrophen und Zerstörungen. Ich blätterte zurück. Es war ganz spannend, über das Wetter zu lesen. Nancy würde es sicher gefallen, wenn ich Meteorologe würde. Edwin vielleicht auch.

Ich ging auf den Flur und holte das schnurlose Telefon. Ich setzte mich auf meinen Schreibtischstuhl und wählte. Es klingelte einmal. Dann kam die Antwort. Es war immer die gleiche Antwort. »Herzlich willkommen bei der Fahrplanauskunft. Für Zugfahrpläne drücken Sie die 1, für Busfahrpläne drücken Sie die 2, für Fähren die 3. Möchten Sie mit einem Mitarbeiter sprechen, drücken Sie bitte die Raute.« Ich drückte die Raute. Es dudelte im Telefon. Dann erklang am anderen Ende dreimal das Freizeichen.

»Fahrplanauskunft«, antwortete eine Männerstimme. Ich erkannte die Stimme sofort. Das war Geir.

»Hallo, ich bin's«, sagte ich.

»Hallo Balder«, sagte er. »Willst du wissen, ob sich morgen was an den Fahrplänen der Schulbusse ändert? Es ändert sich nichts.«

»Gut. Ich habe heute einen neuen gesehen. Einen Zaunkönig.«

»In deinem Vogelhäuschen? Wow, den gibt es nicht so oft, jedenfalls nicht zu dieser Jahreszeit.«

»Hast du neue gesehen?«

»Nein … nein, ich glaube nicht. Aber der Buntspecht ist immer noch da. Gleich auf der anderen Straßenseite. Ich habe ihn heute Vormittag gehört. Erinnerst du dich dran? Ich habe dir schon von ihm erzählt.«

»Ja, ich erinnere mich.«

»Der war heute wieder da. Aber sonst kein neuer.«

»Wir haben heute unsere Hefte zurückgekriegt«, erzählte ich, »der Lehrer hat gesagt, ich habe das gut gemacht.«

»Wie schön.«

»Aber jetzt sollen wir ein neues Projekt machen. In Gruppenarbeit. Über das Wetter.«

»Das wird bestimmt toll. Seid ihr viele in der Gruppe?«

»Nein, nur ich. Es ist am besten, das allein zu machen, findest du nicht auch?«

Ich konnte hören, dass Geir das nicht fand.

»Nein, eigentlich nicht. Aber es gefällt mir gut, hier allein zu arbeiten. Das mache ich ja abends immer. Deshalb übernehme ich am liebsten die Abendschicht. Es ist dann so ruhig hier. Da sind nicht so viele, die Hilfe mit den Fahrplänen brauchen. Es gibt einige, die schicken eine E-Mail mit ihrer Frage, denen muss ich dann antworten. Und es gibt mehrere, die rufen an, um ein bisschen zu quatschen, so wie du.«

»Ich quatsche gern mit dir.«

»Und warum bist du mit niemandem sonst in der Gruppe, Balder?«

»Es ist am besten, allein zu arbeiten. Dann meckert keiner. Und sonst kommen doch alle nur mit ihren Sachen an.«

»Geht es dir auch sonst so? Kommst du auch sonst nicht zu Wort?«

»Nein. Aber ich muss all die Arbeit tun. Abschreiben und so. Während die anderen bestimmen, was mit reinkommt.«

Geir war einen Moment lang still, ich konnte hören, dass er etwas auf seinem Computer schrieb.

»Verstehe«, sagte er. »Dann ist es sicher am besten, allein in der Gruppe zu sein. Und du findest bestimmt genug Unterlagen, die du benutzen kannst. Hast du ein Buch übers Wetter?«

Ich konnte im Hintergrund ein Klingeln hören.

»Jetzt muss ich aufhören, Balder. Da ruft jemand auf der anderen Leitung an.«

»Ja«, erwiderte ich. Geir hatte schon aufgelegt.

Im Bücherregal im Keller fand ich ein Buch über das Wetter. Meine Eltern haben es früher einmal gekauft, als sie ein Segelboot hatten, glaube ich. Bevor ich geboren wurde. Wenn man segeln will, ist es sehr wichtig, viel übers Wetter zu wissen. Wenn es zu stark weht oder zu wenig, dann kann das Probleme geben.

Ich habe nie gewusst, dass so viele der einzelnen Dinge, die vom Wetter handeln, eigene Namen haben. Die unterschiedlichen Wolken heißen zum Beispiel ganz verschieden. Eine Sorte heißt »Schäfchenwolken«, sicher weil sie aussehen wie das Fell von kleinen Schäfchen. Und dann gibt es schrecklich viele Namen für den Wind. Vom Sturm hatte ich natürlich schon gehört, und auch vom Orkan. Aber dass so ein Wind, der nur ganz leicht weht, auch einen Namen hat, das habe ich nicht gewusst. In vielen Gegenden haben sie besondere Namen für die verschiedenen Winde und Wettertypen.

Ich überlegte ein wenig, wovon meine Präsentation handeln sollte. Vielleicht konnte ich alle Namen für den Wind aufschreiben, die ich finden konnte? Oder Zeichnungen anfertigen, wie der Wind Segelboote bewegt?

Auf der Titelseite des Buches war ein Foto eines großen Segelboots weit draußen auf dem Meer. Quer über den Himmel verlief ein helles Licht. Es sah aus wie ein gelber Strich, der im Zickzack gezeichnet war. Und genau in dem Moment, als ich mir das Bild anguckte, blitzte es draußen auf. Ich schaute aus dem Fenster, über die Nachbardächer. Der ganze Himmel wurde erleuchtet. Aber eine Zickzackform war nicht zu erkennen. Vielleicht konnte ich ein Foto von einem Blitz machen? Als wir einmal eines Abends mit dem Auto unterwegs waren, hatte ich einen Blitz gesehen, der über den ganzen Himmel einen Zickzack malte. Das sind die schönsten Blitze. Das wäre doch etwas, um es in der Klasse zu zeigen!

Wieder blitzte es, dieses Mal noch kräftiger. Ich holte meinen Fotoapparat. Er war geladen und die Speicherkarte war leer. Normalerweise machte ich damit Fotos von Vögeln. Im Vogelhäuschen, bei uns im Garten. Oder draußen im Wald. Wenn ich mit Mama und Papa spazieren ging. Und wenn ich allein unterwegs war. Man muss schnell sein, wenn man Fotos von Vögeln machen will. Aber wie stellt man es an, ein Foto von einem Blitz zu machen?

Zuerst wartete ich eine Ewigkeit, dass es wieder blitzte. Ich stand am Fenster und schaute in die Richtung, aus der die Blitze gekommen waren. Ziemlich lange passierte gar nichts. Doch als ich gerade aufgeben wollte, blitzte es plötzlich hinten über den Hausdächern. Ich drückte auf den Auslöser. Der Blitz funkelte im Fenster. Doch als ich mir dann das Foto ansah, war es total misslungen. Ich hatte nur das Spiegelbild von mir selbst in der Fensterscheibe drauf. Und das Spiegelbild vom Blitz der Kamera. Man konnte nicht einmal sehen, dass es draußen regnete. Ich öffnete das Fenster und wartete wieder. Es vergingen mehrere Minuten, bevor ein neuer Blitz kam. Aber ich war nicht schnell genug. Der Blitz war schon vorbei, ehe ich auf den Auslöser gedrückt hatte. Es war nur noch ein schwaches Licht über den Häuserdächern zu erkennen. Vielleicht wurde es besser, wenn ich die Blitzautomatik ausstellte?

Ich guckte mir den Fotoapparat lange an, fand aber nicht heraus, wo man den Blitz ausstellen konnte. Vielleicht konnte man ihn einfach zuhalten? Aber dann wurde es schwierig, ein Foto zu machen.

Ich ging hinunter, um zu fragen. Mama glaubte, man könne ihn gar nicht abstellen, während Papa es einfach nicht wusste.

»Wovon willst du denn ein Foto machen?«, fragte er.

»Vom Blitz«, sagte ich. »Aber es geht nicht so gut, mit Blitz ein Foto von einem Blitz zu machen.«

»Eigentlich ist es ja auch das Gleiche«, sagte Mama, »der Fotoblitz und der Gewitterblitz.«

»Nun ja, das Gleiche ist es wohl nicht«, sagte Papa. »Aber es ist klar, dass du mit einem Blitz kein Foto von einem Blitz machen kannst. Der Fotoblitz ist dazu da, etwas zu erhellen, das zwei oder drei Meter vor der Kamera ist, nicht viele Kilometer entfernt.«

»Warum willst du denn ein Foto von einem Blitz machen?«, fragte Mama.

»Das ist eine Aufgabe für die Schule«, sagte ich. »Die Präsentation einer Gruppenarbeit. Wir sollen etwas vorstellen, das mit Wetter und so zu tun hat.«

»Und mit wem bist du in einer Gruppe?«

»Mit keinem.«

»Das ist aber merkwürdig. Dann ist das doch keine Gruppenarbeit, oder?«

»Es kam nicht ganz hin. Einer ist übriggeblieben.«

»Und das warst du. Wie immer«, sagte Mama.

»Das macht nichts«, sagte ich.

Aber manchmal dachte ich, dass es doch ganz schön sein könnte, mit jemandem in einer Gruppe zu sein. Vielleicht nachmittags zu jemandem zu gehen. Oder etwas draußen zu machen, zusammen mit jemandem. Etwas, das mit der Gruppenarbeit zu tun hat. Aber wenn man allein in einer Gruppe ist, dann gibt es wenigstens keinen Streit. Ein paar in der Klasse streiten sich immer. Darüber, wer am meisten tut und wer nicht genug tut bei der Gruppenarbeit. Das Problem hatte ich jedenfalls nicht.

Papa suchte im Bücherregal und fand ein Buch über das Fotografieren.

»Hier steht, wie man Fotos von Blitzen oder einem Feuerwerk machen kann«, sagte er. »Die Kamera muss ganz ruhig stehen. Am besten auf einem Stativ. Und dann muss man sie so einstellen, dass sie das Foto eine ganz lange Zeit belichtet. Deshalb muss es dort, wo man das Foto machen will, auch ganz dunkel sein.«

»Warum das denn?«

»Damit kein anderes Licht hereinkommt, das das Bild kaputtmachen würde«, erklärte mein Vater. »Wenn du Straßenlicht oder das Licht von einem Haus mit drauf hast, dann ist das viel zu viel Licht, und das ganze Bild wird nur gelb aussehen.«

»Das kann ich bestimmt nicht mit meinem Fotoapparat machen«, sagte ich.

»Bestimmt nicht«, stimmte Papa zu.

»Dein Fotoapparat ist gar nicht so schlecht«, sagte Mama. »Auch wenn er nicht so teuer war.«

»Ja, der ist nicht schlecht«, nickte ich, »aber nicht für einen Blitz.«

»Du kannst unseren Apparat für dieses Projekt ausleihen«, sagte Papa. »Die große Kamera.«

Mama schaute Papa an, dann mich.

»Dann musst du aber gut darauf aufpassen«, sagte sie.

»Das werde ich.«

»Gut«, sagte Papa.

»Was glaubt ihr, wird es morgen auch Blitze geben?«, fragte ich.

»Sicher«, sagte Papa.

»Es ist Gewitter vorhergesagt«, sagte Mama.

»Dann kann ich versuchen, Fotos von einem Blitz zu machen.«

»Ja, mach das.«

Ich saß an diesem Abend noch ziemlich lange am Fenster und guckte die Blitze an. Oft knallte es und wurde dann ganz hell, aber ich konnte nie so einen Zickzackstreifen sehen wie auf dem Foto im Buch. Vielleicht konnte man so etwas nur in Büchern sehen? Oder in anderen Ländern. Das wusste ich nicht.

Papa holte den Apparat noch vor dem Frühstück heraus und lud den Akku auf.

»Der ist seit dem letzten Urlaub nicht mehr benutzt worden«, sagte er.

»Glaubst du, dass es solche Zickzackblitze auch hier bei uns gibt?«, fragte ich.

»Zickzackblitze?«

»Ja, solche wie auf dem Foto vorn auf dem Buch mit dem Segelboot. Ein Blitz, der aussieht wie ein langer, ganz heller Strich.«

»Ach so. Ich weiß es nicht. Aber das Bild ist sicher in einem anderen Land fotografiert worden. In wärmeren Regionen, wie ich annehme. Denn es sieht nicht so aus, als gäbe es auf dem Foto irgendwelche Wolken. Nur den Blitz. Und hier gibt es immer viele Wolken und Regen und graues Licht, wenn es donnert und blitzt. Dann kann man nicht so viel sehen.«

»Ich würde gern so einen Zickzackblitz aufnehmen«, sagte ich.

»Du kannst es ja versuchen«, sagte Papa.

»Wärmere Länder stelle ich mir schön vor«, sagte ich.

»Ich auch«, sagte Mama.

»Da ziehen sie im Winter hin.«

»Wer?«

»Die Vögel.«

»Die Vögel, ja. Ja, die ziehen im Winter in wärmere Regionen. Die sind schlau.«

»Ja, die sind schlau.«

Meine Eltern wollten zu dem großen Einkaufszentrum fahren. Ich kam mit. Papa brauchte neue Hemden, Mama wollte Schuhe und Strumpfhosen kaufen. Und dann wollten wir Lebensmittel fürs Wochenende besorgen.

»Ich habe Lust auf einen Kaffee«, sagte Papa.

»Und ich habe ein bisschen Hunger«, sagte Mama.

»Wollen wir zu Burger King gehen?«, fragte ich.

»Nein«, sagte Mama.

»Nein«, sagte Papa.

Dann gingen wir doch zu Burger King. Das war etwas Besonderes. Viele in der Schule finden es dort cool. Ich hatte sie schon oft darüber reden hören. Meinen Eltern gefiel es dort nicht besonders. Am Tresen, an dem man das Essen bestellte, war eine Schlange. Papa setzte sich an einen freien Tisch, während Mama und ich uns in die Schlange stellten. Auf dem Weg zu unserem Tisch entdeckte ich einige aus meiner Klasse. Sie saßen hinten an der Wand. Ihr Tisch war voll mit leeren Schachteln und Bechern. Sie hatten bestimmt viel getrunken und gegessen. Wahrscheinlich hatte einer von ihnen Geburtstag. Ich wollte einfach vorbeigehen, aber meine Mutter erkannte einige.

»Hallo«, sagte sie, »seid ihr heute alle bei Burger King?«

Sie schauten uns an. Ich versuchte, mich hinter Mama zu stellen.

»Äh … ja«, sagte Jenny.

»Feiert ihr etwas?«

»Äh, ja, Rikke hat morgen Geburtstag.«

»Ach, wie schön«, sagte Mama.

»Hi, Ballaballa«, sagte Jenny zu mir.

Ich antwortete nicht.

Wir setzten uns zu Papa.

»Balder hat ein paar seiner Freunde getroffen«, erzählte Mama. »Aus seiner Klasse. Die feiern hier Geburtstag.«

»Du kannst dich gern zu ihnen setzen«, sagte Papa.

»Nennen die dich ›Ballaballa‹?«, fragte Mama. »Das klingt aber ziemlich hässlich.«

»Ja.«

»Das sollten sie aber nicht.«

»Nein.«

Papa trank seinen Kaffee, ich aß Chicken Nuggets, Mama einen Salat. Als wir gingen, saß die Gruppe aus meiner Klasse immer noch dort.

»Will sie auch noch zu Hause feiern?«, fragte Mama, als wir draußen waren.

»Keine Ahnung.«

»Na, aber dann lädt sie bestimmt nur Mädchen ein.«

»Ja.«

»Willst du an deinem Geburtstag nicht auch ein paar zu Burger King einladen?«

»Nein.«

»Das ist nicht mehr so lange hin.«

»Nein.«

Es hatte angefangen, heftig zu regnen, und wir mussten zum Auto laufen. Papa warf die Tüten mit den Lebensmitteln auf den Rücksitz.

»Wir hätten im Parkhaus parken sollen«, sagte Mama.

»Da war kein Platz«, sagte Papa. »Nicht an einem Samstag bei Regenwetter.«

Die Autoscheiben beschlugen. Und obwohl der Scheibenwischer auf höchster Stufe arbeitete, dauerte es eine Weile, bis wir fahren konnten. Draußen sah ich andere Leute zu ihren Autos laufen. Doch durch die beschlagenen Scheiben waren sie nur undeutlich zu erkennen. Ich konnte nur die Farben ihrer Kleidung sehen, nicht, wer es war. Zuerst wollte ich die Scheibe mit der Hand abwischen. Doch dann malte ich stattdessen ein Zickzackmuster. Wie ein Blitz.

Papa hielt den Wagen an.

»Wieso ist denn hier eine rote Ampel?«, fragte Mama. »Hier ist doch gar nichts. Weder ein Haus noch ein Auto, so weit man sehen kann.«

»Aber Straßenbauarbeiten«, sagte ich.

»Straßenbauarbeiten?«

»Ja, sie wollen hier die Kreuzung neu machen. Die alte ist zu gefährlich. Hier gab es schon mal einen Unfall.«

»Das ist aber lange her«, sagte Papa.

»Die Dinge brauchen ihre Zeit«, sagte ich.

»Was du alles weißt«, seufzte Mama. »Wollen sie etwa auch die großen Bäume fällen?«

»Ja.«

»Na, das wird bestimmt nicht allen gefallen«, sagte sie. »Da wird es Proteste geben.«

Mein Vater schlug vor, dass wir ein Experiment mit dem Fotoapparat machen sollten. Wir gingen in den Keller, in den Raum, in dem wir Holz lagern. Der hat kein Fenster. Papa stellte den Fotoapparat auf einen leeren Karton.

»So«, sagte er und stellte ihn ein. »Ich glaube, das müsste jetzt funktionieren. Wenn wir auf den Knopf drücken, dann macht er eine Minute lang ein Foto. Guck mal.« Papa hielt sein Handy hoch. Eine winzig kleine Lampe obendrauf leuchtete grün.

»Jetzt machst du das Licht aus und drückst den Knopf auf dem Fotoapparat. Und ich bewege das Handy hin und her. Mal sehen, was dann passiert.«

Ich machte das Licht aus. Es wurde ganz dunkel hier drinnen. Als ich den Auslöser drückte, war ein leises Klicken zu hören. Und dann fing Papa an, das Handy hoch und runter zu bewegen. Das Einzige, was ich in der Dunkelheit sehen konnte, war das Handylicht. Die Kamera machte wieder Klick.

»Licht an«, sagte Papa.

Ich schaltete das Licht an, dann beugten wir uns über den Apparat und guckten das Foto an.

»Das ist eine richtige Zeichnung geworden«, sagte ich. »Das Licht ist zu einer Zeichnung geworden.«

»Ja, siehst du, es funktioniert«, sagte Papa. »Ich glaube, so kannst du auch ein Foto von einem Blitz machen.«

»Können wir es noch einmal probieren?«

Papa und ich tauschten die Rollen. Das war richtig spannend.

»Ich will meinen Namen schreiben«, sagte ich und fing an mit einem B. Plötzlich klingelte das Telefon. Es vibrierte und ließ eine Melodie erklingen. Ich erschrak so, dass ich es auf den Boden fallen ließ. Papa machte Licht und hob es auf.

»Ja, hier ist der Keller«, sagte er. »Okay, in Ordnung.«

»Wer war das?«

»Mama. Das Essen ist fertig.«

»Wie dunkel es heute ist«, sagte Mama, während wir aßen. »Kann nicht bald mal Schluss mit dem Regen sein?«

»Ich will doch ein Foto von einem Blitz machen«, sagte ich. »Da ist es nur gut, wenn es dunkel ist.«

»Du musst vorsichtig sein«, sagte Mama, »Blitze sind gefährlich.«

»Das ist für die Präsentation in der Schule.«

»Sei trotzdem vorsichtig.«

Ich saß in meinem Zimmer und guckte die Wolken an. Sie waren richtig schwarz. Ab und zu hörte ich weit entfernt ein Grummeln, das Grummeln eines Donners. Aber ich konnte keinen Blitz sehen. Es war wohl noch zu hell. Und gab zu viele Wolken. Aber in einer Stunde würde es dunkel sein. Ich schaute hinüber zu den Nachbarhäusern. Vielleicht sollte ich sie bitten, heute Abend das Licht zu löschen? Damit sie mir nicht meine Fotos kaputtmachten. Aber das würden sie sicher nicht wollen. Wer will schon einen ganzen Samstagabend im Dunkeln sitzen? Außerdem gab es die Straßenlaternen. Die konnte niemand ausschalten. Nur die im Straßenbauamt, die sind dafür zuständig. In unserem Naturkundebuch stand etwas über Benjamin Franklin, der hat herausgefunden, dass der Blitz elektrisch ist. Er hat einen Drachen in die Wolken steigen lassen, um den Blitz einzufangen. Das war sicher ziemlich gefährlich. Wenn ich doch auch einen Blitz einfangen könnte: Ihn einfangen und dort freilassen, wo ich ihn brauche. Zum Beispiel unten im Holzkeller. Aber das wäre bestimmt sehr, sehr gefährlich.

»Willst du raus?«, fragte Papa.

Ich stand auf dem Flur und zog mir Regensachen über.

»Ich will versuchen, draußen im Garten Fotos zu machen«, sagte ich. »Hinterm Haus. Da gibt es nicht so viel Licht, das stört.«

»Aber denk dran, vorsichtig zu sein.«

»Ich glaube nicht, dass der Blitz in mich einschlägt.«

»Ich habe an die Kamera gedacht. Sei damit vorsichtig. Sie verträgt nicht so viel Wasser.«

»Ich nehme den Regenschirm mit.«

Draußen im Garten blieb ich ziemlich lange stehen. Ein paar Mal donnerte und blitzte es ganz heftig. Ich legte die Kamera auf einen der Vogelfutterplätze, die sind überdacht, und drückte auf den Auslöser des Fotoapparats. Der Regen trommelte so laut auf den Regenschirm, dass ich überhaupt kein Klicken hören konnte, nachdem das Bild gemacht worden war. Ich traute mich nicht, das Foto hier draußen anzugucken, es regnete zu stark. Stattdessen machte ich weitere Bilder. Zum Schluss rief meine Mutter, dass ich reinkommen sollte.

»Frierst du nicht?«

»Doch.«

»Hast du gute Fotos machen können?«

»Ich weiß nicht.«

Papa schob die Speicherkarte des Fotoapparats in den Computer.

»Da ist ziemlich viel Licht von den umliegenden Häusern mit drauf«, sagte er. »Und von einigen Autos.«

»Aber das Licht am Himmel, das ist ja wohl ein Blitz«, sagte Mama.

»Ja, aber kein Zickzack«, erwiderte ich. »Nicht so richtig schön.«

»Ich finde, die sind ziemlich schön«, sagte Papa.

»Ich auch«, stimmte Mama zu.

»Ich nicht«, sagte ich.

»Es ist schwierig, einen Blitz zu fotografieren«, sagte Mama. »Ich meine, richtig gut zu fotografieren.«

»Fast unmöglich«, nickte Papa. »Du kannst doch ein paar von deinen Bildern bei deiner Präsentation zeigen und darüber reden, wie schwierig es ist, das hinzukriegen.«

»Das ist eine gute Idee«, sagte Mama.

Ich guckte die beiden an. Wie können sie nur so dumm sein, dachte ich. Zu glauben, ich könnte über etwas reden, was es nicht gibt; ein Foto, das ich gar nicht gemacht habe. Ich ging hoch in mein Zimmer und warf die Tür hinter mir zu. Viel lauter als Papa es mochte. Sehr viel fester. Dann wählte ich die Nummer der Fahrplanauskunft.

»Ich bin's«, sagte ich. »Ich will Fotos von einem Blitz machen.«

Geir war einen kurzen Moment lang still.

»Fotos von einem Blitz? Warum das?«

»Für die Präsentation in der Schule. Es geht doch ums Wetter.«

»Ach so, und dafür willst du Fotos von einem Blitz machen. Nicht schlecht. Und wie willst du das anstellen?«

»Weiß ich nicht. Aber mir wird schon etwas einfallen«, sagte ich.

»Bestimmt wird dir was einfallen«, sagte er.

Ich blieb lange wach liegen. Draußen regnete es die ganze Zeit. Ein paar Mal knallte es heftig von einem Donner. Und ein paar Mal war der Blitz so nahe, dass sein Licht mein Zimmer regelrecht erhellte. Ich stand auf und schaute aus dem Fenster. Plötzlich stand ein großes, leuchtendes Zickzack am Himmel, direkt vor mir. Gleichzeitig knallte es. Ein Zickzackblitz! Genau wie im Buch. Wenn ich es nun geschafft hätte, ein Foto davon zu machen! Ich wollte schon den Fotoapparat holen, sah dann aber all die Lichter von den Nachbarhäusern. Die Außenbeleuchtung an den Häusern, die Straßenlaternen, Autos, die vorbeifuhren. Ich würde es nicht schaffen. Es hätte nur funktioniert, wenn es vollkommen dunkel gewesen wäre. Dunkel und leer.

Dann fiel mir die Stelle ein, an der wir mit dem Auto angehalten hatten. Die Baustelle für den Kreisverkehr, wo Mama gesagt hatte, dass dort ja nichts war. So eine Stelle brauchte ich.

Ich stand auf und lauschte an der Tür. Unten war es still, der Fernseher lief nicht. Meine Eltern waren ins Bett gegangen. Ich zog mir Hose, Pullover und Jacke an. Draußen war es jetzt sicher kalt. Dann öffnete ich die Tür und schlich mich vorsichtig die Treppe hinunter. Niemand hörte mich, niemand merkte etwas. Der Fotoapparat lag auf der Kommode im Flur. Ich holte mir aus der Küche eine Plastiktüte und wickelte ihn gut darin ein. Dann schob ich das ganze Paket unter meine Jacke. Auf dem Flur zog ich Regenzeug und Stiefel an. Dann ging ich hinaus und schloss die Tür ganz leise hinter mir.

Es stürmte und regnete. Ich holte mein Fahrrad und schob es auf die Straße hinaus. Eigentlich hätte ich gar nicht so vorsichtig sein müssen, Sturm und Gewitter machten viel mehr Lärm, als ich es hätte machen können. Trotzdem schob ich das Fahrrad noch ein Stück die Straße entlang, bevor ich das Licht einschaltete und losfuhr.

Der Regen schlug mir direkt entgegen, ein paar Mal fürchtete ich schon, von der Straße geweht zu werden. Ich musste mich tief über den Lenker beugen, um überhaupt fahren zu können. Das Wasser lief mir hinten in den Kragen hinein und den Rücken hinunter; kalt, eklig. Zum Glück war außer mir niemand unterwegs. Weder Autos noch Fußgänger. Und schon gar keine Radfahrer. Die meisten schliefen jetzt sicher. Wenn das Gewitter sie nicht wach hielt. Es gab bestimmt niemanden, der auf die Idee kam, ein Foto von einem Blitz zu machen. Niemanden außer mir. Ich dachte kurz an die anderen in der Klasse. Die würden sicher etwas aus dem Internet heraussuchen oder etwas aus irgendeinem Buch abschreiben. Wetten, dass der Lehrer meine Arbeit am besten finden würde?

Ich radelte Richtung Vik. Anfangs war es nicht schwierig, etwas zu sehen, obwohl es so stark regnete. Die ganze Straße entlang standen Laternen. Aber als es die nicht mehr gab, da wurde es schlimmer. Das kleine Licht vorn an meinem Fahrrad beleuchtete nur den Vorderreifen. Ich konnte gerade noch den weißen Seitenstreifen am Straßenrand erkennen. Zum Schluss musste ich anhalten und das Rad schieben. Mein Gesicht war nass, ich fror, und mir klapperten die Zähne. Aber jetzt war ich wirklich weit entfernt von jedem Haus und jedem Licht.

Ein riesiger Blitz erhellte die ganze Umgebung um mich herum. Ich konnte in dem heftigen Aufblitzen sogar die Wolken erkennen. Es sah fast aus, als öffneten sie sich. Öffneten eine Tür in den Himmel. Beim nächsten Blitz konnte ich sehen, wo ich war. Die großen Bäume standen nur wenige hundert Meter von mir entfernt. Ich klappte den Fahrradständer aus und stellte das Rad ab. Es wäre nicht so gut, zu nah zu den Bäumen zu gehen, dachte ich. Unter großen Bäumen kann es bei Gewitter gefährlich sein. Dann holte ich die Kamera unter dem Regenzeug und meiner Jacke hervor. Das war gar nicht so einfach. Ich überlegte, wo ich sie hinstellen konnte, und entschied mich dann für den Fahrradsitz. Ich stellte die Kamera auf den Sitz und deckte sie mit der

Plastiktüte, so gut es ging, zu, damit sie nicht zu nass wurde. Ein neuer Blitz erschien, bevor ich noch den Auslöser hatte drücken können. Ich stützte mich mit der Hand gegen das Fahrrad und hielt den Atem an. Dann drückte ich ab.

Fast genau in dem Moment, als ich den Knopf losließ, sah ich in weiter Ferne einen Blitz. Ich konnte noch denken, dass er bestimmt nicht mit auf mein Foto kam, als alles um mich herum plötzlich hell wurde. Ich hatte das Gefühl, als würde ich in einem Feuer stehen. Etwas knallte laut, ich spürte warme Strahlen an meinem Gesicht. Dann wurde es wieder dunkel. Sehr dunkel. In meinen Ohren klingelte es. Und dann wurde ich von etwas Schwerem getroffen.

Mama stand über mich gebeugt da und strich mir über die Stirn. Eine weiße Gestalt ging an mir vorbei. Vorsichtig hob ich den Kopf. Das war ein Arzt oder eine Krankenschwester. Auf dem Tisch neben dem Bett stand ein Apparat mit blinkenden Lichtern.

»Er ist wach«, sagte eine Stimme.

»Du hast uns vielleicht einen Schrecken eingejagt«, sagte Papa. Er saß bei mir am Bett.

»Du bist im Krankenhaus«, sagte Mama. »Ein Autofahrer hat dich gefunden. Du hast mitten auf der Straße gelegen, mit einem Ast über dir.«

»Das Foto«, sagte ich.

»Jetzt musst du dich erst einmal ausruhen«, sagte Papa.

»Er braucht Ruhe«, sagte die weißgekleidete Person.

»Ihr müsst die Vögel füttern«, sagte ich Mama.

»Ja, schlaf jetzt«, erwiderte sie nur.

»Mein Foto«, sagte ich. Ich hatte das Gefühl, mich übergeben zu müssen. Alles im Zimmer war so hell, als wäre ich wieder mitten im Blitz. Mein Kopf tat mir weh. Dann schlief ich wohl ein.

Als ich das nächste Mal aufwachte, lag ich in einem anderen Zimmer. Hier gab es keine blinkenden Apparate mehr. Aber meine Eltern waren noch da.

»Wo sind wir?«, fragte ich.

»Du bist noch im Krankenhaus«, sagte Mama. »Wie fühlst du dich?«

»Ich habe Durst.«

»Wir haben so eine Angst gehabt«, sagte Papa. »Die Polizei ist gekommen und hat uns geweckt. Sie haben gesagt, sie hätten dich draußen auf der Straße gefunden. Mitten im Gewitter. Zuerst haben wir geglaubt, sie würden sich irren, wir dachten ja, du liegst im Bett und schläfst. Aber dann haben wir festgestellt, dass du weg warst. Und die Polizei hat uns hingebracht.«

»Wo ist mein Fahrrad?«, fragte ich. »Und der Fotoapparat? Ich habe Fotos gemacht. Vom Blitz.«

»Warst du deshalb mitten in der Nacht draußen unterwegs? Das ist gefährlich. Ein Baum ist vom Sturm umgeweht worden und ein Ast hat dich am Kopf getroffen.«

»Das war der Blitz«, sagte ich. »Der hat mich getroffen.«

Mama streichelte mir über den Kopf. Mir war übel.

»Na, das war wohl der Sturm«, sagte sie.

»Ich werde hinfahren und sehen, ob dein Fahrrad noch dort liegt«, sagte Papa.

»Und der Fotoapparat«, wiederholte ich. »Ich habe Fotos gemacht.«

Hin und wieder kamen Ärzte und Krankenpfleger zu mir, um mich zu untersuchen und zu fragen, wie es mir gehe. Meine Eltern wechselten sich die ganze Zeit ab, bei mir zu sein. Abends kam ein Arzt herein und sagte, ich könne am nächsten Vormittag wieder nach Hause. Wenn es mir bis dahin nicht schlechter ginge, sagte er. Dann fragte er, wie ich mich fühlte, und ich sagte, dass es mir gut gehe.

»Ist dir übel?«

»Ja.«

Genau in dem Moment, als er das fragte, hatte ich das Gefühl, mich gleich übergeben zu müssen.

»Das kommt von der Gehirnerschütterung«, erklärte er.

Ich bekam Tabletten, damit es mir besser gehen sollte. Und dann schlief ich wieder ein.

Auf dem Heimweg im Auto erzählte Papa, dass er mein Fahrrad gefunden hatte, es lag im Graben gleich neben der Stelle, an der ich gefunden worden war.

»Nur gut, dass es keiner geklaut hat«, sagte Mama.

»Das lag so weit unten im Graben, dass man es kaum entdecken konnte«, sagte Papa. »Nur gut, dass du nicht auch da unten gelandet bist. Sonst hätten sie dich vielleicht nicht gefunden.«

»Ja, das war gut. Hast du auch den Fotoapparat gefunden?«

»Ich hatte keine Zeit mehr, weiterzusuchen. Aber ich werde später noch einmal hinfahren.«

Mama machte mir das Sofa im Wohnzimmer zurecht, damit ich mich dort hinlegen konnte. Eine Weile blieb ich liegen, aber dann wurde mir langweilig und ich stand auf.

»Du musst vorsichtig sein«, sagte Papa.

»Ich bin vorsichtig, ist schon in Ordnung. Kannst du jetzt nach dem Fotoapparat suchen?«

»Ja, gut«, sagte Papa, »dann fahr ich mal los. Aber sei nicht traurig, wenn ich nichts finde.«

Ich versuchte etwas zu lesen, doch davon wurde mir schwindlig. Dann guckte ich eine Weile Fernsehen. Eine Zeitlang ging das gut, aber dann musste ich mich wieder hinlegen.

»Es ist besser, wenn du es ruhig angehen lässt«, sagte Mama.

Ich konnte Papa draußen im Flur hören.

»Hast du ihn gefunden?«

Er hielt eine Plastiktüte hoch.

»Ja, aber er ist kaputt«, sagte er. »Ich denke, es ist ein Auto drübergefahren, er ist zerbrochen. Und klitschnass.«

»Kaputt?«

»Mach dir darüber keine Gedanken«, sagte Mama. »Wir können einen neuen kaufen.«

»Vielleicht deckt das sogar die Versicherung«, nickte Papa, »denk nicht weiter an den Apparat.«

»Aber … das Foto. Das Foto vom Blitz.«

Papa untersuchte die Kamera. Er versuchte, den hinteren Verschluss zu öffnen. Aber das ging nicht. Dann holte er ein Messer aus der Küchenschublade und versuchte es damit.

»Da«, sagte er und zog die Speicherkarte heraus. »Die sieht aus, als wäre ihr nichts passiert. Ich werde sie abtrocknen, dann können wir es versuchen.«

Papa holte seinen Mac und schob die Speicherkarte hinein.

»Keine Fehlermeldung«, sagte er, »vielleicht haben wir ja Glück.«

»Guck mal«, sagte Mama, »da sind ja die Bilder.«

Papa drehte den PC zu mir, damit ich in den Fotos blättern

konnte. Es gab viele Bilder mit schwarzem Himmel und Straßenlaternen. Aber dann, das letzte Foto, es zeigte den Blitz. Einen richtigen Zickzackblitz quer über den Himmel.

»Das ist gut geworden«, sagte ich und lehnte mich in die Kissen zurück.

Papa drehte den Computer, damit Mama und er es sich auch ansehen konnten. Die beiden sahen einander an.

»Das … das ist ein fantastisches Foto, Balder«, sagte Papa.

»Einfach unglaublich«, sagte Mama. »Du hast es geschafft, ein Foto von dem Blitz zu machen, genau in dem Moment, als er in den großen Baum einschlägt. Und der Baum wird von dem Blitz in zwei Teile geteilt. Was für ein tolles Bild!«

»Ich brauche es für die Präsentation in der Schule.«

Papa beugte sich näher an den Bildschirm heran, um sich die Details anzugucken.

»Der Baum wird in zwei Teile geteilt. Es sieht so aus, als würden Äste herumfliegen.«

»Einer davon hat mich am Kopf getroffen«, sagte ich. »Der kam aus dieser Richtung.«

»Unglaublich«, sagte Papa.

»Der Lehrer wird bestimmt zufrieden sein«, sagte ich.

»Ja«, stimmte Mama mir lächelnd zu. »Der wird zufrieden mit dir sein.«

Bevor ich ins Bett ging, erklärte mir Mama, dass ich diese Woche nicht in die Schule gehen dürfe.

»Du musst zu Hause bleiben und wieder gesund werden«, sagte sie. »Der Arzt hat das angeordnet. Du brauchst Ruhe und Frieden.«

Ruhe und Frieden, dachte ich. Ich brauche Ruhe und Frieden.

»Dann musst du aber Bescheid sagen, dass ich nicht komme.«

»Ich werde den Klassenlehrer morgen früh in der Schule anrufen und ihm Bescheid geben.«

»Ja, ihm auch.«

»Muss noch jemand Bescheid wissen? Einer deiner Freunde?«

»Ja, Nancy. Sonst wartet sie bestimmt morgen auf mich.«

»Wartet sie immer auf dich?«

»Vielleicht tut sie das morgen.«

»Das wird schon in Ordnung gehen, dein Lehrer wird es ihr sagen«, erwiderte Mama. »Der Lehrer oder einer deiner Freunde.«

Die ersten beiden Tage lag ich die meiste Zeit im Bett, mir war übel und ich hatte Kopfschmerzen. Dann konnte ich endlich wieder aufstehen. Fernsehengucken ging auch. Und Lesen. Papa war in der Bücherhalle und lieh für mich ein Buch über Blitze und Donner aus. Darin las ich viel und machte mir Notizen. Dann ging ich ins Internet und fand noch mehr über Blitz und Donner. Ich zeichnete auf einem Blatt Papier auf, wie ich meine Präsentation machen wollte. Dann stellte ich alles im Computer zusammen. Das wurde richtig professionell. Während ich die Abbildungen für die Präsentation zusammenstellte, schrieb ich mir alles auf, was ich dazu sagen wollte.

Am Samstag zeigte ich meinen Eltern die Präsentation. Da wir keinen Beamer hatten, mussten sie sich so hinsetzen, dass sie beide auf den Computerbildschirm gucken konnten. Zuerst war da eine Zeichnung zu sehen, die ich von Wikingern gemacht hatte, die zu einem großen Hammer aufschauten.

»Was für eine schöne Zeichnung«, sagte Papa.

»Die Wikinger glaubten, Blitz und Donner würden von Thor mit seinem Hammer gemacht. Thor war ein Gott und sie glaubten, er würde in einem Wagen, vor den zwei Ziegenböcke gespannt waren, über den Himmel gezogen und so mit seinem

Hammer schlagen, dass es Funken sprühte und donnerte. Später gab es einen Forscher in Amerika, der hieß Benjamin Franklin ...«

Ich wechselte zu einer neuen Zeichnung. Von dem Mann mit dem Drachen, der vom Blitz getroffen wurde.

»Er fand heraus, dass der Blitz elektrischer Strom ist. Aber seine Versuche waren sehr gefährlich. Er erfand auch den Blitzableiter, das ist eine Art Leitung, die man am Turm einer Kirche oder oben an alten Häusern befestigt, damit die nicht zerstört werden, wenn der Blitz einschlägt.«

Dann zeigte ich auf ein paar Illustrationen, wie ein Blitz entsteht.

»Die Wolken, aus denen der Blitz entsteht, heißen Cumulonimbus. Oft kommt auch sehr, sehr viel Regen aus diesen Wolken. Ein paar Forscher haben ausgerechnet, dass in einem Blitz genauso viel Kraft ist wie in einer großen Atombombe.«

»Wahnsinn«, sagte Mama.

Ich zeigte ein paar Beispiele, wie ein Blitz aussehen kann und welche Schäden er anrichten kann.

»Und zum Schluss möchte ich ein Foto zeigen, das ich von einem Blitzeinschlag gemacht habe«, sagte ich und klickte auf die Maus. Das Foto des Baumes, der gespalten wurde, kam auf den Bildschirm.

»Wie schön«, sagte Mama, »das wird die beste Präsentation von allen.«

»Ganz deiner Meinung«, sagte Papa. »Die anderen in deiner Klasse haben bestimmt nicht so viel daran gearbeitet wie du. Und die haben garantiert nicht so ein tolles Bild wie deines.«

»Nein«, sagte ich.

»Wir sollten das Foto einsenden«, sagte Mama, »vielleicht an eine Zeitung. Oder wir könnten es bei einem Wettbewerb einreichen.«

»Aber zuerst zeige ich es in der Schule«, sagte ich.

»Ja, natürlich. Zuerst musst du es in der Schule zeigen.«

Ich erzählte Geir von dem Vortrag, den ich halten sollte.

»Und ich habe schon gedacht, du hättest mich vergessen«, sagte er. »Es ist lange her, dass du angerufen hast. Ist alles in Ordnung?«

»Ja«, bestätigte ich, »alles ist in Ordnung. Ich war nur ein bisschen krank. Weil ich von einem Blitz getroffen worden bin.«

»Du machst ja wohl Scherze?«

»Nein, ich mache keine Scherze.« Und dann erzählte ich Geir von dem Foto und dem Blitz.

»Oh Mann«, sagte er, »das hört sich aber gefährlich an. Hast du Angst gehabt?«

»Nein, Angst hatte ich nicht.«

»Nein, natürlich nicht. Du hast keine Angst gehabt. Aber denk mal an alle, die Angst um dich gehabt haben. Angst, dass dir etwas passieren kann. Deine Eltern. Die haben bestimmt Angst um dich gehabt.«

»Ja, die hatten Angst.«

»Und deine Freunde. Die haben doch bestimmt auch Angst gehabt.«

Ich holte tief Luft. Und wenn Geir jetzt fand, dass ich dumm war, wenn ich das sagte? Dumm und langweilig.

»Ich habe keine Freunde«, sagte ich.

»Du hast keine? Aber du hast doch mich. Auch wenn wir nur am Telefon miteinander reden, so sind wir doch wohl Freunde, oder?«

»Ja«, stimmte ich ihm zu, »und Nancy und Edwin.«

»Die Busfahrer? Natürlich sind das deine Freunde. Aber du hast doch sicher auch Freunde in der Schule? In deiner Klasse?«

»Nein, die mögen mich nicht. Die nennen mich ›Ballaballa‹ und versuchen, mich zum Heulen zu bringen.«

»Machen sie das wirklich? Aber doch nicht alle. Das sind bestimmt nur ein paar, die dann die anderen mitziehen.«

»Glaubst du?«, fragte ich.

»Ja«, antwortete Geir, »das glaube ich.«

»Das glaube ich aber nicht«, erwiderte ich. Denn ich glaubte das wirklich nicht. Ich hatte keine Freunde in der Klasse. Mir fiel kein Einziger ein.

Edwin fuhr den Schulbus. Ich erzählte ihm von dem Foto, das ich vom Baum und dem Blitz gemacht hatte, aber er glaubte mir anscheinend nicht so recht. Zumindest nicht, bis wir an den provisorischen Ampelanlagen hielten. Da konnte er den Baum sehen, der gespalten war.

»Das ist mir schon letzte Woche aufgefallen«, sagte er. »Aber ich habe gedacht, das hätten die Bauarbeiter gemacht. Um den Baum fällen zu können.«

»Nein, das war der Blitz«, sagte ich. »Ich werde meine Mutter fragen, ob sie das Foto ausdruckt. Bei ihrer Arbeit. Dann kannst du sehen, wie der Blitz den Baum trifft.«

»Das würde ich gern«, sagte er.

»Nancy will ich es auch zeigen. Ich bin von einem Ast getroffen und verletzt worden, der von dem Baum runtergefallen ist. Deshalb bin ich letzte Woche nicht mit dem Bus gefahren. Ich war gar nicht in der Schule.«

»Ach, warst du gar nicht«, sagte Edwin. »Schlimm, was für ein

Gewitter wir letztes Wochenende hatten. Schlimmer, als die Meteorologen es prophezeit hatten.«

»Ja, viel schlimmer«, stimmte ich ihm zu.

Während wir in Vik warteten, blätterte Edwin eine Zeitschrift durch, die jemand im Bus vergessen hatte.

»Guck mal«, sagte er, »eine Zeitschrift über Motorräder. Der sich die gekauft hat, der träumt bestimmt von so einem.«

»Träumst du davon, dir ein Motorrad zu kaufen, Edwin?«

»Ich? Nein. Ich bin zu alt für so etwas. Ich muss mich mit dem Bus zufriedengeben. Aber wenn ich frei habe, dann fahre ich am liebsten überhaupt nicht.«

Ich schaute Edwin an. Sicher hat er früher auch von vielem geträumt. Damals, als er so alt war wie ich jetzt. Was er werden wollte, wenn er einmal groß sein würde. Es ist nicht gesagt, dass er davon geträumt hat, einen Bus zu fahren.

»Ich träume auch nicht von einem Motorrad. Aber vielleicht fange ich trotzdem bald damit an.«

»Mit dem Motorradfahren?«

»Nein, davon zu träumen, Motorrad zu fahren. Wenn ich erst einmal größer bin. Doch das wird mir bestimmt nicht erlaubt. Meine Eltern haben immer so viel Angst um mich.«

»Ja, das kann auch gefährlich sein. Aber du wirst sicher ganz vernünftig fahren, ganz gleich, was du fährst, nicht wahr?«

»Ja, sicher.«

»Aber bis dahin denkst du sicher nur an Mädchen, oder?«

»Nein.«

»Denkt ihr Jungs nicht alle die ganze Zeit nur an Mädchen? Das habe ich jedenfalls getan, als ich in deinem Alter war. Ich hatte überall eine Liebste.«

»Aber jetzt nicht mehr, Edwin?«

»Nein, jetzt nicht mehr.«

»Ich werde auch die ganze Zeit nur an Mädchen denken«, sagte ich, »nächstes Jahr, wenn ich älter geworden bin.«

»Ja, du hast noch viel Zeit, sowohl für Mädchen als auch für Motorräder.«

Ich öffnete meine Schultasche und holte das Federmäppchen heraus, um nachzuschauen, ob der USB-Stick für die Präsentation auch noch drinnen lag. Dann fühlte ich in meiner Jackentasche, dort steckte der Reserve-USB-Stick. Es wäre blöd, wenn ich ihn verlieren würde. Oder wenn er kaputtginge. Dann könnte ich meine Präsentation über den Blitz nicht zeigen. Einer der Jungs kam zum Bus und fragte Edwin, ob er nicht eine Zeitschrift gefunden habe, die der Junge am Vortag vergessen hatte. Edwin zeigte ihm das Heft mit den Motorrädern, aber das war nicht das richtige.

»War das vielleicht so ein Heft mit nackten Weibern, was du suchst?«, fragte Edwin. Doch so eines war das auch nicht. Es war eines, das von Playstations handelte.

In den ersten Stunden kam ich nicht so recht mit. In der Mathestunde sagte der Lehrer, ich solle versuchen, nachzuholen, was die anderen in der Woche gelernt hatten, in der ich krank gewesen war.

»Ich habe gehört, du hattest einen Unfall«, sagte er. »Im Gewitter.«

»Das war der Blitz«, sagte ich.

»Der Blitz, ach so, ja, das war ein heftiges Gewitter. Du musst versuchen, nachzuholen, was die anderen schon hatten.«

Ich nickte, aber ich kannte den Stoff noch von früher, deshalb musste ich nicht besonders viel nachholen. Dafür dachte ich lieber daran, was ich bei der Präsentation sagen wollte. »Die Wolken, in denen der Blitz entsteht, heißen Cumulonimbus. Oft fällt auch heftiger Regen aus diesen Wolken. Sie heißen Cumulonimbus, heißen Cumulonimbus, heißen Cumulonimbus ...«, wiederholte ich im Stillen für mich. Vielleicht sagte ich es auch einmal laut. Aber nicht so laut, dass es jemand hätte hören können.

Im Klassenbuch stand, dass ich vom Sportunterricht freigestellt war. Zu viel Bewegung tat mir noch nicht gut, meinten die Ärzte. Womit sie sicher recht hatten, denn mir wurde ab und zu immer noch etwas übel und schwindlig. So eine Gehirnerschütterung kann schon ziemlich lange dauern.

Während die anderen in der Klasse Volleyball spielten, saß ich auf dem Weichboden ganz hinten in der Turnhalle. Ich hatte mein Federmäppchen mitgenommen, damit niemand es stehlen konnte. Das war schon mal passiert, dass etwas aus der Schultasche gestohlen wurde, während der Besitzer Sport hatte. Der Sportlehrer sagte, ich solle aufschreiben, wie viele Punkte die Mannschaften machten, die gerade Volleyball spielten. Das tat ich auch, aber anscheinend brauchte der Sportlehrer die Punkte doch nicht, denn als die Stunde zu Ende war, fragte er gar nicht nach dem Zettel.

Nach der Sportstunde setzte ich mich in den Unterstand. Die anderen aus meiner Klasse waren noch in der Dusche. Es war Essenspause und wir durften in unser Klassenzimmer gehen, um etwas zu essen, aber ich fand, ich konnte ebenso gut hier, wo ich saß, etwas essen. Oft schmeckt der Proviant besonders gut, wenn man ihn an frischer Luft isst. Nancy setzt sich häufig in Vik auf eine Bank und isst dort ihr Frühstück, wenn das Wetter gut ist. Sie hat auch immer eine Thermoskanne mit Kaffee dabei. Kaffee mit Milch. Das hat sie mir erzählt. Ich riss die Rinde von meinen Brotscheiben und legte sie auf die Kante unter dem Zaun. Zur Straße hin. Eine Taube kam, um daran zu knabbern. Aber keine Singvögel.

Nach der Essenspause füllte sich der Schulhof mit Schülern. Einige kamen auch zum Unterstand, blieben aber nicht lange hier. Ich kenne sie nicht, aber ich weiß, in welche Klasse sie gehen. Der eine Junge warf einen leeren Trinkkarton auf den Boden. Ich überlegte, dass ich den aufheben und mit meinem Brotpapier in den Müll werfen konnte, wenn ich ging. Doch als es zur Stunde klingelte, vergaß ich den Karton. Ich warf nur mein Brotpapier in die große Tonne am Eingang zum Unterstand.

Der Lehrer hatte die Tür zum Klassenzimmer noch nicht aufgeschlossen, also wartete ich mit den anderen auf dem Flur. Mehrere aus meiner Klasse hatten sich an der Wand vor der Klassentür auf den Boden gesetzt. Als der Lehrer kam, musste er sie fast mit dem Fuß zur Seite schieben, damit sie ihm Platz machten. Er trug eine Tasche mit dem Beamer über der Schulter und einen Laptop in der Hand.

»Sollen wir jetzt diese Präsentation zeigen?«, fragte eines der Mädchen.

»Ja, hast du das denn nicht mitgekriegt?«, erwiderte eine andere.

»Ich will aber nicht Erster sein«, sagte Steffen.

Nico half dem Lehrer, den Computer und den Beamer aufzustellen.

»Wie viele Gruppen brauchen den Computer?«, fragte der Lehrer, während er noch herumbastelte. Alle hoben ihre Hand. Ich auch.

»Okay, wir sind gleich so weit«, sagte er.

»Wer soll anfangen?«, fragte Rikke.

»Ich jedenfalls nicht«, sagte Steffen, »unsere Gruppe ist die letzte.«

»Ich bestimme die Reihenfolge«, sagte der Lehrer.

»Wir sind aber die Letzten«, wiederholte Steffen.

Zwei der Mädchen fingen an. Die meisten hatten nur kurze Präsentationen und brauchten mehr Zeit, ihre Bilder auf dem USB-Stick zu finden, als für die Präsentation selbst. Der Lehrer machte sich währenddessen Notizen und er sagte ein paar Worte, als sie fertig waren. Ich hörte nicht zu, was die anderen sagten, ich konzentrierte mich nur auf das, was ich sagen und tun wollte. Ich hatte beide USB-Sticks vor mich auf meinen Tisch gelegt. Wenn der eine nicht funktionierte, brauchte ich nur den anderen zu nehmen. Sie waren vollkommen gleich. Ich versuchte, mich daran zu erinnern, welchen ich in der Tasche gehabt und welcher im Federmäppchen gelegen hatte. Sie waren so gleich, vollkommen gleich, ich konnte keinen Unterschied sehen. Ich sollte den nehmen, der in der Federtasche gelegen hatte, vielleicht war der andere ja kaputt, es ist nicht gesagt, dass USB-Sticks es überstehen, in der Jackentasche zu liegen, vielleicht funktionierte er nicht mehr. Ich überlegte, was ich sagen wollte, über die Wolken, Cumila…, Cummika… die Wolke, wie hieß diese Wolke noch? Ich blätterte in meinen Notizen, es stand in der Präsentation, alle konnten es an der Wand sehen, da oben, da oben auf der großen Leinwand, auf der ich meine Präsentation zeigen sollte, da konnten alle sehen, was ich geschrieben hatte. Sie konnten es selbst lesen. Cumicull… ich blätterte, Cumulonimbus hießen sie, die Wolken, aus denen ein Blitz kam, sie hießen Cumulonimbus. Cumulonimbus, ich murmelte es vor mich hin. Nicht vergessen, nicht vergessen, den USB-Stick in den Laptop zu stecken, auf die Datei zu klicken, zu warten, dass die Präsentation sich öffnet, mit dem Anfang anfangen, an den richtigen Punkten auf die Pfeiltaste drücken, Cumulonimbus.

»Und jetzt zur Präsentation der kleinsten Gruppe«, sagte der Lehrer, »der Gruppe mit nur einem Teilnehmer.«

»Ballaballa«, sagte einer hinter mir.

»Balder, du bist dran. Worüber willst du uns etwas erzählen?«

Ich sah das Foto mit dem Blitz vor mir. Der Blitz, der den großen Baum in zwei Teile zerschlägt. Den ganzen Baum zerstört. In einem Blitz ist genauso viel Kraft wie in einer Atombombe. Ich hatte ein Foto von dem Blitz gemacht.

»Balder«, sagte der Lehrer noch einmal.

Ich stand auf. Ein Fuß schob sich auf den Gang hinaus. Die rechte Hand legte ich auf den Tischrand.

»Ballaballa!«, sagte jemand hinter mir. Rikke drehte sich zu mir um. »Du sollst nach vorn gehen«, sagte sie, ganz laut.

Ich versuchte den Lehrer anzusehen, konnte ihn aber nicht entdecken. Überall um mich herum waren weiße Kreise, Gesichter. Gesichter, die mich anguckten.

»Hast du deine Präsentation gemacht?«, fragte der Lehrer.

Ich öffnete den Mund und wollte Ja sagen, ja, ich habe sie gemacht, ja, ich habe viel daran gearbeitet, ja, ich habe ein tolles Foto gemacht, ja, meine Eltern haben gesagt, dass ich eine schöne Präsentation gemacht habe. Ich wollte Ja sagen. Dann schüttelte ich den Kopf, ganz vorsichtig. Ich spürte die Gehirnerschütterung, die Übelkeit, das Schwindelgefühl.

»Ach ja, du bist ja krank gewesen, Balder«, sagte der Lehrer langsam, während er in sein Buch schrieb, »ein Unfall …«

»Er hat was Hartes an den Kopf gekriegt«, sagte eine Stimme, »aber das hat wohl auch nichts geholfen.«

Ich glaube, die Klasse lachte. Vielleicht. Ich weiß es nicht. Der Lehrer sagte etwas. Zwei Schüler gingen nach vorn. Sie redeten. Sie zeigten Bilder, der Lehrer redete. Alle redeten. Redeten und redeten. Ich legte die beiden USB-Sticks in die Tasche. Da drinnen war mein Foto. Auf dem Stick.

Mama fragte mich, wie es in der Schule gelaufen war. Mit der Präsentation.

»Gut«, sagte ich.

Ich spürte, dass mir wieder übel wurde. Ich wollte mich nur ins Bett legen. Nur schlafen. Ganz lange schlafen.

»Hat es ihnen gefallen?«, fragte sie.

»Ja.«

»Und dem Lehrer auch?«

»Ja.« Ich nickte. Mein Kopf war ganz schwer. Schwer und heiß.

»Haben sie dich gefragt, wie du es geschafft hast, das Foto zu machen?«

»Nein.«

Als mein Vater nach Hause kam, erzählte er, einer bei seiner Arbeit hätte gesagt, es sei unmöglich, ein Foto von einem Blitz zu machen, der einen Baum spaltet. Aber Papa hatte ihm erklärt, ich hätte genau so ein Foto gemacht. Er wollte es gern mitnehmen und zeigen.

»Okay«, sagte ich.

»Vielleicht wirst du ja noch durch das Foto berühmt«, sagte Papa.

»Ja, schon möglich.«

»War es schön, wieder in die Schule zu kommen, nachdem du krank gewesen bist?«

»Ja, war schön«, antwortete ich.

»Und, haben dich viele vermisst?«

»Ja, viele.«

»Wie schön«, sagte Mama. Ich konnte spüren, wie sie mich ansah. Ich schaute aus dem Fenster. Auf das Vogelhäuschen. Es waren keine Vögel dort.

Nachdem wir gegessen hatten, wollte Papa eine Runde auf dem Fahrrad drehen. Ich durfte nicht mit, es konnte gefährlich sein, Fahrrad zu fahren, kurz nachdem man eine Gehirnerschütterung gehabt hatte, sagte Papa. Aber ich glaube, eigentlich wollte er nur lieber allein los, dann kam er weiter und war viel schneller. So dass es ein richtiges Training wurde. Ich ging in mein Zimmer hoch und machte alle Hausaufgaben, die auf dem Wochenplan standen. Eine Weile überlegte ich, ob ich meine Präsentation einfach ausdrucken und in ein Heft legen sollte, zusammen mit den Hausaufgaben, die wir abliefern sollten. Sodass der Lehrer sehen konnte, dass ich sie gemacht hatte. Aber dann beschloss ich, es doch nicht zu tun. Vielleicht dachte er dann nur, dass ich dumm wäre.

Als Papa nach Hause kam, rief er nach mir. Er hatte etwas dabei. Ich ging hinunter auf den Flur.

»Was ist?«

»Guck mal«, sagte er, »ich habe einen Vogel mitgebracht. Ich habe ihn auf der Straße gefunden. Der ist bestimmt verletzt.«

Er hielt den Vogel dicht am Körper. Der sah ganz verängstigt aus.

»Eine Kohlmeise«, sagte Papa.

»Nein«, sagte ich.

»Ist das keine Kohlmeise?«

»Nein, eine Blaumeise.«

»Ja, stimmt.«

Wir legten sie in einen Karton. Mama holte ein altes Handtuch, das kam auf den Boden. Der Vogel war sehr scheu, er versuchte, sich zu verstecken, aber es gab keine Möglichkeit dazu.

»Der Ärmste«, sagte Mama.

Wir holten Wasser für ihn, in einer kleinen Schüssel. Papa öffnete eine Packung mit gekochtem Schinken und schnitt davon etwas in kleine Stückchen. Die legten wir auch in den Karton.

»Kann ich ihn in meinem Zimmer haben?«, fragte ich.

Doch das durfte ich nicht.

»Wir stellen den Karton in den Geräteschuppen«, sagte Mama.

»Da ist die Temperatur bestimmt richtig. Und wenn er wieder gesund ist, kann er wegfliegen. Da unter dem Dach ist es ja offen.«

Papa und ich trugen den Karton hinaus. Ich wollte mich hinsetzen und auf den Vogel aufpassen, aber Papa meinte, es wäre bestimmt besser, wenn der erst einmal seine Ruhe hätte.

»Jedenfalls werde ich ganz oft nach ihm sehen«, sagte ich.

»Das ist in Ordnung«, sagte Papa.

Am Abend, als wir im Wohnzimmer saßen und Fernsehen guckten, fing Mama an, wieder von meinem Geburtstag zu reden. Was ich mir wünschte. Ich zählte einiges auf, was ich gern hätte.

»Willst du feiern?«, fragte sie.

»Nein«, antwortete ich.

»Deine Tante und deine Oma kommen am Sonntag«, sagte Mama, »aber das ist ein Familienbesuch, keine Feier.«

»Das ist doch gut.«

»Du musst dir noch etwas ausdenken«, sagte Papa, »lade doch ein paar von deinen Freunden ein. Einige aus deiner Klasse.«

»Nein«, sagte ich und überlegte. Mir fiel niemand ein, den ich gern eingeladen hätte.

»Aber natürlich willst du das«, sagte Mama, »das wollen doch alle.«

»Ich nicht.«

»Findest du es peinlich, zu Hause zu feiern? Bist du dazu inzwischen zu groß? Vielleicht kannst du jemanden zu Burger King oder McDonald's einladen? Zwei, drei. Die, mit denen du am meisten zusammen bist. Das wäre doch lustig, oder?«

»Ja.«

»Und wen willst du dann einladen?«

»Ich weiß nicht.«

»Komm, wir basteln die Einladungen. Und dann kannst du entscheiden, wem du sie geben willst.«

»Wir brauchen keine Einladungen zu basteln.«

»Doch, Einladungen sind besser. Dann sehen die Eltern, dass ihr Sohn eingeladen ist, und wissen, wann und wo es stattfindet. Ich kann sie für dich machen. Dann nimmst du sie morgen mit in die Schule. Wollen wir sagen, dass ihr am Donnerstag ausgeht? Direkt an deinem Geburtstag?«

»Ja«, sagte ich.

»Gut, dann wird es Donnerstag«, sagte Mama.

»Das wird bestimmt nett«, sagte Papa. »Du kannst ja einen Jungen und ein Mädchen einladen. Das wird immer am besten.«

»Ja, das ist am besten«, sagte ich.

Meine Mutter freute sich bestimmt. Und mein Vater auch. Das ist das Beste, wenn jemand sich freut.

Ich musste eine Weile warten, bevor er antwortete. Sicher gab es andere Leute, mit denen er reden musste. Vielleicht jemand, der wissen wollte, wann der Bus fuhr.

»Hallo«, sagte Geir. »Wie ist es mit dem Projekt gelaufen, war die Präsentation erfolgreich?«

»Ja«, sagte ich, »ganz erfolgreich.«

»Wirklich? Das hört sich für mich nicht so überzeugend an. Ist alles gut gelaufen?«

»Ich habe sie nicht gehalten. Hatte keine Lust.«

»Warum nicht? Du hast doch so viel an deinem Projekt und allem gearbeitet. War etwas nicht in Ordnung?«

»Nein, es war alles in Ordnung. Alles prima. Ich habe die Präsentation einfach nur nicht gehalten. Die wäre bestimmt zu schlecht gewesen. Sie hätten mich nur ausgelacht. Gesagt, ich wäre peinlich.«

»Sagen sie das häufiger?«

»Ja, aber nicht zu mir. Sondern zu anderen. Wenn die etwas vorführen. Dann gibt es immer einen, der sagt, dass sie peinlich sind.«

»Oh je, wie dumm. Aber zu dir sagt das keiner? Dann bist du sicher nicht peinlich, dann finden sie sicher, dass du es gut machst.«

»Nein, weil ich nie etwas präsentiere. Oder etwas in der Klasse sage. Damit ich mich nicht blamieren kann.«

»Du sagst lieber nichts in der Klasse, weil du Angst hast, du könntest etwas Falsches sagen?«

»Ja.«

»Das ist aber nicht gut. Du solltest mal mit jemandem darüber reden. Mit deinem Lehrer. Oder mit deinen Eltern. Hast du mit denen mal darüber geredet?«

»Nein, die mögen es nicht, wenn ich so etwas sage. Die mögen es lieber, wenn ich sage, dass alles gut läuft.«

»Und das ist das Wichtigste für dich, dass die Leute dich mögen?«

»Ja. Willst du nicht, dass die Leute dich mögen?«

»Nicht immer, Balder. Nicht die ganze Zeit.«

»Aber ich.«

Am nächsten Morgen hatte Mama die Einladungen auf den Tisch gelegt. »Hallo, kommst du am Donnerstag mit, meinen Geburtstag feiern? Wir treffen uns um fünf Uhr bei Burger King. Viele Grüße, Balder.«

»Sieht das gut aus?«, fragte sie.

»Ja, sehr schön«, antwortete ich.

Mama faltete sie zusammen und legte sie in zwei Umschläge.

»Hast du dich schon entschieden, wem du sie geben willst?«

»Ja.«

»Wie schön«, sagte Mama. »Die werden sich bestimmt freuen, wenn sie eine Einladung von dir bekommen. Schreib jeweils den Namen draußen auf den Umschlag, bevor du sie verteilst.«

»Ja.«

Nachdem ich die Busabfahrtzeiten kontrolliert hatte, ging ich zu dem Vogel in dem Schuppen. Er sah immer noch so ängstlich aus. Ich holte zwei Stückchen Brot aus der Tüte mit dem Vogelfutter heraus, die ich in der Tasche hatte, und legte sie ihm vor den Schnabel. Den Rest steckte ich wieder in die Schultasche.

Es war einer der neuen Fahrer, der den Schulbus fuhr. Er grüßte und sagte Hallo zu mir, schien aber keine Lust zu haben, sich zu unterhalten. Jedenfalls sagte er nichts. Als der Bus in Vik hielt, rief er jemanden mit seinem Handy an und redete die ganze Zeit mit ihm. Es ging irgendwie darum, das Bad zu renovieren. Ich hörte nicht so genau zu.

In der ersten Stunde holte ich die beiden Umschläge heraus und legte sie ganz hinten in ein Buch. Meine Mutter hatte gesagt, ich solle sie denjenigen geben, mit denen ich am häufigsten zusammen war. Ich schaute mich verstohlen um. Einmal hatte ich eine Einladung zu Alex' Geburtstag bekommen. Vor ein paar Jahren. Es hatte Einladungen für alle in der Klasse gegeben. Alex war die Tischreihen entlanggegangen und hatte eine auf jedes Pult gelegt. Auf allen Umschlägen standen die Namen. Ich konnte sehen, dass er meinen Namen nicht selbst geschrieben hatte. Alle in der

Klasse öffneten die Einladung, sobald sie sie hatten. Darin stand, dass wir uns verkleiden sollten und es eine Schatzsuche im Garten gab. Und dass es Überraschungen geben würde. Ich steckte die Einladung in meine Schultasche. Mama fand sie ein paar Wochen später. Lange, nachdem die Geburtstagsfeier stattgefunden hatte. Sie fragte mich, warum ich nichts gesagt hätte und nicht zu Alex' Feier gegangen sei. Ich sagte, ich hätte das vergessen.

Vielleicht hätte ich Mama auch bitten sollen, für alle Einladungen zu schreiben. Dann hätte ich zwischen den Tischen entlanggehen und sie verteilen können. Und alle hätten sie geöffnet. Aber ich konnte ja nicht die ganze Klasse zu Burger King einladen. Und es war nicht sicher, dass alle kommen konnten. Oder wollten. Und mit so vielen wäre es sehr teuer geworden. Ich schob die beiden Einladungen wieder in meine Schultasche. Ich würde sie auch noch am nächsten Tag verteilen können. Ob Meisen Hamburger mögen? Wenn man sie in kleine Stückchen schneidet. Aber man soll Vögeln nichts geben, was zu salzig ist. Das kann gefährlich sein.

Der gleiche Fahrer wie morgens fuhr den Bus auch wieder nach Hause. Ich fragte ihn, ob er auch am nächsten Tag den Bus fahren würde, aber das verneinte er. Und er wusste nicht, wer dann fahren würde.

»Nun, wem hast du die Einladungen gegeben?«, fragte Papa.

»Das ist ein Geheimnis«, antwortete ich.

»Aber du hast sie doch verteilt?«, fragte Mama.

»Ja.«

»Haha, wir dürfen nicht wissen, an wen«, lachte Papa. »Du hast dir wohl eine Freundin angeschafft, was? Eine aus der Klasse?«

»Nein.«

»Na, ich denke doch.«

Am nächsten Morgen war es Edwin, der den Bus fuhr.

»Wie ist es mit deinem Blitz gelaufen?«, fragte er.

»Gut«, sagte ich. »Richtig gut.«

»Vergiss nicht, ich möchte das Foto sehen.«

»Ja, ich werde es mitbringen.«

Edwin erzählte von seiner Hütte. Er wollte dort Strom legen.

»Damit ich auch Fernsehen gucken kann, wenn ich auf der Hütte bin. Dann muss ich nicht das Gemecker meiner Frau hören.«

»Hast du eine Frau? Das habe ich nicht gewusst.«

»Ja, klar habe ich eine Frau. Habe ich dir das nie erzählt? Eine Frau, vier Kinder und acht Enkelkinder habe ich. Eine ganze Bande. Du kannst dir denken, wie es bei uns Weihnachten zugeht. Oder an großen Feiertagen. Wir brauchen drei Tische, damit alle Platz haben. Einige müssen in der Küche sitzen und andere auf dem Sofa.«

»Das sind viele«, sagte ich.

Ich versuchte, mir Edwin vorzustellen, mit seiner ganzen Familie. Vielleicht fuhren ja alle gern Bus. Oder sie fuhren nicht gern mit dem Bus.

»Du, Edwin«, sagte ich, »kennst du Geir?«

»Was für einen Geir?«

»Der abends in der Fahrplanauskunft ist. Und für die Busunternehmen Infos rausgibt.«

»Ach so, nein, den kenne ich nicht. Das ist eine andere Abteilung. Heißt der Geir? Ist bestimmt ein Student. Das sind meistens Studenten, die abends dort arbeiten. Der will sicher was Tolles werden. Vielleicht ja Pfarrer. Ja, bestimmt will er Pfarrer werden.«

»Glaubst du das? Pfarrer?«

»Ja, klar«, antwortete Edwin lachend. »Das ist bestimmt so einer, der Pfarrer werden will.«

Edwin holte in Vik seine Thermoskanne heraus, trank Kaffee und aß eine Scheibe Brot. Ich dachte, dass ich ja auch Pfarrer werden konnte. Dann schob ich meine Hand in die Schultasche und holte die beiden Umschläge heraus. Aus der Federtasche nahm ich mir einen Stift. Dann schrieb ich »Edwin« und »Nancy« auf die Umschläge. Ich hielt die Umschläge die ganze Zeit in der Hand, bis wir an der Schule hielten. Nachdem alle ausgestiegen waren, legte ich sie auf das kleine Tischchen unter dem Fahrkartenautomaten.

»Einer ist für dich und einen musst du bitte Nancy geben«, sagte ich.

»Was ist das?«

»Du musst ihn öffnen und nachgucken. Später.«

»Nancy hat Urlaub«, sagte er. »Ist im Süden. Sie kriegt ihn, wenn sie zurück ist.«

»Tschüs«, sagte ich.

»Tschüs«, sagte Edwin und schloss die Tür hinter mir.

Es regnete und der Unterstand war voller Menschen. Ich stand draußen auf dem Parkplatz vor der Schule. Zum Glück hatte ich meine Regenjacke dabei, sodass ich nicht nass wurde. Es waren ziemlich viele, die zur Schule gefahren wurden. Sicher weil es regnete. Nicos Mutter ließ ihn gleich neben mir heraus. Sie winkte mir zu, gerade als Nico aus dem Auto sprang. Ich winkte zurück. Sie hatte mich wiedererkannt. Sie wusste, wer ich war.

Wie dumm, dass Nancy Urlaub hatte, dachte ich. Dann konnte sie nicht zu meinem Geburtstag kommen. Aber Edwin und ich, wir konnten es auch nett haben. Ich könnte einen Ausdruck von meinem Bild mitbringen. Das mit dem Blitz. Und dann könnten wir über das Wetter reden. Und über Edwins Hütte. Es gefiel ihm gewiss, wenn jemand nach seiner Hütte fragte. Ich glaube, die Leute, die eine Ferienhütte haben, reden gern darüber. Die Leute reden gern über Dinge, die sie interessieren. Wenn ich wissen würde, was die anderen interessiert, dann könnte ich leichter herausfinden, was ich sagen könnte. Wenn ich mit ihnen reden wollte.

Als wir ins Klassenzimmer gingen, fiel mir auf, dass der Lehrer ein T-Shirt mit dem Abzeichen von Arsenal trug. Er war wohl an Fußball interessiert. Wenn ich mit ihm reden wollte, sollte ich etwas über Arsenal herausfinden. Dann hätte ich etwas zu sagen. Vielleicht könnte ich auch etwas über Pfarrer herausfinden. Oder über die Bibel. Etwas, worüber Geir gern reden würde.

Wir hatten Sport. Ich machte nicht mit, denn ich durfte immer noch keinen Sport treiben. Wir hatten Vertretung bei einer Frau, sie wusste, dass ich eine Gehirnerschütterung gehabt hatte.

»Bist du der, der eine Gehirnerschütterung hat? Balder, nicht wahr?«

»Ja.«

»Du kannst der Schiedsrichter sein«, sagte sie.

»Der soll der Schiedsrichter sein?«, murrte einer aus der Klasse. »Das schafft der doch nicht.«

»Balder ist der Schiedsrichter«, sagte die Lehrerin. »Du kannst da hinten auf dem Stuhl sitzen und zählen, wie viele Körbe jede Mannschaft macht. Wir wollen Basketball spielen.«

Ich setzte mich auf den Stuhl gleich am Mittelstreifen des Spielfelds. Schiedsrichter. Ich wollte kein Schiedsrichter sein. Wenn nun etwas passierte. Wenn die anderen sich darum stritten, ob es ein Punkt war oder nicht. Dann würden sie mich fragen. Vielleicht würden sie sich nicht einig werden, vielleicht fingen sie sogar an, sich zu prügeln. Dann müsste ich entscheiden, ob der Ball in den Korb gegangen war oder nicht.

Und wenn dann jemand wütend würde. Wütend auf mich.

Zum Glück zählten die Mannschaften selbst ihre Treffer. Bei jedem Treffer riefen viele gleichzeitig den Torstand.

»Vier zu zwei für uns.«

»Vier zu vier.«

»Vier zu sechs.«

Ich schob den Stuhl, auf dem ich saß, ganz bis an die Wand. Hinter mir war nur noch die Sprossenwand. Ich legte den Kopf zurück und spürte eine der Sprossen im Nacken, genau zwischen Kopf und Schultern. Sie schien irgendwie fast warm zu sein, so, wie es Holz oft ist. Weich und hart zugleich. Und warm. Nicht so wie Metall oder Glas. Das ist nur hart und kalt. Holz ist oft weich und warm. Abgesehen von dem Baumstück, das mich am Kopf getroffen hatte. Das war hart. Aber wäre es aus Metall gewesen, dann wäre es noch viel härter gewesen. Vielleicht hätte ich das gar nicht überlebt.

Plötzlich knallte der Ball gegen die Sprossenwand. Weit von mir entfernt, aber ich zuckte trotzdem zusammen. Der Balken, gegen den ich mich lehnte, ging durch mehrere Sprossen.

»Zwölf zu achtzehn«, brüllte Alex.

»Zwölf zu achtzehn«, wiederholte ich. Leise. Falls mich jemand fragen würde, wie der Stand war, konnte ich antworten: zwölf zu achtzehn. Das war der Spielstand.

Die Lehrerin blies in ihre Pfeife. Das Spiel und die Stunde waren zu Ende.

»Wie war das Ergebnis?«, fragte die Lehrerin mich.

»Zwölf zu achtzehn.«

»Welche Mannschaft hatte achtzehn Punkte?«

Ich guckte die anderen aus der Klasse an. Alle starrten mich an.

»Wir haben achtzehn«, sagte Steffen.

»Stimmt das?«, fragte die Lehrerin.

Ich nickte.

»Ja, die hatten achtzehn.«

Irgendjemand schoss den Ball hart an die Wand. Er prallte ab und rollte auf mich zu.

»Kannst du ihn herschießen?«, fragte die Lehrerin. Der Ball rollte weiter auf mich zu.

»Ja«, sagte ich und trat nach dem Ball. Aber der rollte in der gleichen Richtung weiter.

»Ballaballa verfehlt immer den Ball«, rief einer hinten an der Tür zum Umkleideraum.

Die Lehrerin guckte mich an.

»Alles in Ordnung mit dir?«, fragte sie.

»Ja, alles in Ordnung.«

»Siehst du gut? Sind deine Augen in Ordnung?«

»Ja, alles ist in Ordnung.«

Sie kam zu mir und holte den Ball. Ich nahm den Stuhl hoch und trug ihn in den Geräteraum. Das eine Stuhlbein stieß an den Türrahmen. Das Bein löste sich und fiel ab. Ich guckte mich schnell um. Alle aus der Klasse waren in die Umkleideräume gegangen. Nur die Lehrerin stand noch da und guckte mir zu.

»Ich werde dem Hausmeister sagen, er soll ihn wieder festleimen«, sagte sie. »Aber du sagst Bescheid, wenn etwas mit dir nicht stimmt?«

»Ja, ich sage Bescheid.«

»Liegt das an deiner Gehirnerschütterung?«

»Ja, bestimmt.«

In der letzten Stunde teilte unser Lehrer Formulare aus.

Wir sollten sie mit nach Hause nehmen und ausfüllen. Berufspraktikum. Einige in der Klasse hatten schon seit mehreren Jahren von so einem Berufspraktikum geredet, und davon, was sie dann machen wollten.

»Ihr müsst mit euren Eltern besprechen, was ihr in dieser Woche machen wollt«, sagte der Lehrer.

»Ich will bei der SAS arbeiten«, rief Krister, »als Pilot!«

»Ich will bei MTV arbeiten«, sagte Rikke, »als Moderatorin.«

»Ihr müsst euch etwas suchen, das auch möglich ist«, sagte der Lehrer. »In einem Laden oder einem Lager vielleicht. Oder in der Bücherhalle. Und vergesst nicht: Ihr braucht eine Unterschrift von Zuhause.«

Viele seufzten und stöhnten.

»Es muss schon was Spannendes sein, sonst habe ich keine Lust«, sagte Steffen.

Der neue Fahrer fuhr den Bus von der Schule zurück. Ich hätte ihn fragen können, wo Edwin war, doch ich tat es nicht. Es war nicht gesagt, dass er es überhaupt wusste.

Meine Eltern standen früher auf als üblich und schlichen umher. Jedenfalls nahm ich das an, denn ich hörte sie nicht, bis sie plötzlich in meinem Zimmer standen. Kein Brummen des Rasierapparats, keine Rufe, ich solle doch aufstehen. Papa schaltete die Deckenlampe ein. Dann sangen sie ein Geburtstagslied für mich.

»Stell dir vor, jetzt bist du dreizehn Jahre alt«, sagte Mama.

»Fast erwachsen«, sagte Papa. Er zog ein Geschenk hinter dem Rücken hervor. Ich riss das Papier und das Geschenkband von der Schachtel. Es war ein Fotoapparat. So ein richtig guter.

Ich holte ihn heraus, guckte durch den Sucher und versuchte zu zoomen. Er war wirklich toll.

»Das ist eine Spiegelreflexkamera«, sagte Papa.

»Ich hoffe, sie gefällt dir«, sagte Mama. »Aber wir haben noch eine Überraschung für dich. Die bekommst du unten in der Küche zu sehen.«

Zum Frühstück bekam ich Kakao.

»Guck mal«, sagte Papa und zeigte mir eine Zeitschrift. *Wir in der Natur* hieß sie. »Schlag mal Seite 8 auf.«

Ich schlug die Zeitschrift auf und da war mein Foto. Das Foto von dem Baum und dem Blitz. »Das Naturfoto des Monats«, stand darunter. Zusammen mit meinem Namen. Und darunter stand, dass der Gewinner des Monats 5000 Kronen bekam.

»Hast du gesehen?«, fragte Mama. »Du hast 5000 Kronen für dein Bild gewonnen!«

Ich freute mich so sehr, dass ich kaum mein Frühstück essen konnte.

»Kann ich das Heft mitnehmen?«, fragte ich.

»Aber natürlich«, sagte Mama.

»Wir kaufen mehrere Exemplare«, sagte Papa. »Nimm es nur mit und zeig es allen deinen Freunden. In der Klasse.«

»Obwohl sie das Foto ja schon gesehen haben«, sagte Mama, »als du den Vortrag gehalten hast.«

»Ja«, sagte ich.

Es war Edwin, der den Bus fuhr. Ich saß ganz still, bis wir in Vik ankamen. Dann schob ich die Hand in meine Schultasche, um die Zeitschrift herauszuholen.

Edwin drehte sich um und sah mich an.

»Du, der Brief, den du mir gegeben hast. Von wegen Geburtstag feiern und so. Das war ja nett, weißt du. Richtig nett. Aber ich kann nicht kommen. Bin ein alter Mann, weißt du. Ich kann doch nicht auf so einen Geburtstag kommen. Ich nehme an, dass ihr eine ganze Bande von Jungs seid. Jugendliche. Das wird bestimmt toll. Richtig toll.«

»Ja«, erwiderte ich. »Das wird richtig toll.«

Ich ließ das Heft im Schulranzen, Edwin konnte es sich auch an einem anderen Tag anschauen. An einem Tag, an dem ich nicht Geburtstag hatte. Edwin trank Kaffee und redete von einer Angeltour, die er gemacht hatte. Ich weiß nicht, ob vor Kurzem oder vor langer Zeit. Ich hörte nicht so genau zu. Er rief mir »Tschüs« hinterher, als ich aus dem Bus stieg.

»Tschüs«, sagte ich.

Ich ging nicht direkt zur Schule, sondern zum Kiosk auf der anderen Straßenseite. Ich versuchte, durch das Schaufenster hineinzugucken, um zu sehen, ob sie die Zeitschrift im Regal stehen hatten. Die Zeitschrift mit meinem Foto. Aber ich konnte sie nicht sehen. Es war nicht sicher, dass sie sie hier verkauften. Nicht in diesem Kiosk.

Als wir noch in die Grundschule gingen, sang die Klasse immer ein Lied zum Geburtstag. Wenn der Lehrer daran dachte. Manchmal wurde es vergessen. Jetzt singen wir keine Geburtstagslieder mehr.

Einige hatten die Papiere mit ihren Wünschen für das Berufspraktikum mit. Sie erzählten einander laut, was sie aufgeschrieben hatten. Ich holte mein Formular auch heraus und las es durch. Dann schrieb ich »Bus« hinter die Frage, was mein erster Wunsch war. Doch das strich ich gleich wieder aus. Ich konnte ja nicht Bus fahren. Obwohl es sich um ein Berufspraktikum handelte. Nur Erwachsene können Bus fahren.

Also schrieb ich stattdessen »Etwas mit Fotos« hin. Das strich ich aber auch wieder durch. Ich legte den Bogen zurück in meine Tasche und holte dafür die Zeitschrift heraus. Legte sie auf meinen Tisch. Vielleicht bat mich ja jemand, ob er sie lesen könnte. Und entdeckte dann meinen Namen unter dem Foto.

Wir bekamen Aufgaben, die wir bearbeiten sollten. Sie waren leicht. Der Lehrer ging die Reihe entlang, in der ich saß. Ich hoffte, er würde das Heft von meinem Tisch nehmen und darin blättern. Doch das tat er nicht. Er sagte nur, ich solle es während des Unterrichts wegpacken.

Ich schaute mich um, betrachtete die anderen in der Klasse. Mit einigen ging ich seit der ersten Klasse zusammen zur Schule. Ein paar waren in der Mittelstufe dazugekommen. Und einige noch später. Nico. Und Aina. Ein paar hatten sich über die Zettel mit den Aufgaben gebeugt, andere waren wohl schon fertig und beschäftigten sich mit anderen Sachen. Steffen malte sich mit dem Kugelschreiber eine Pistole auf den Arm, die wie eine Tätowierung aussehen sollte. Das machte er immer. Malte sich die Arme voll, wenn er in der Schule war. Ein paar Mitschüler hatten erzählt, dass eines der Mädchen in der C-Klasse ein richtiges Tattoo auf der Schulter hatte. Das hatte sie in Thailand machen lassen. Ich weiß nicht, ob das stimmt, aber ich habe sie davon reden hören. Ein paar der Mädchen. Das tut bestimmt ziemlich weh, sich tätowieren zu lassen. Ist jedenfalls nichts für Angsthasen.

Mama fuhr mich zum Einkaufszentrum. Es war erst kurz nach vier, als wir ankamen.

»Amüsier dich schön«, sagte sie und gab mir fünfhundert Kronen. »Spendier deinen Freunden alles, worauf ihr Lust habt. Wann soll ich dich wieder abholen?«

»Ich kann den Bus nehmen«, sagte ich. »Du musst mich nicht abholen.«

»Viel Spaß!«, sagte sie wieder.

Ich ging durch die großen Türen ins Einkaufszentrum. Zuerst durch eine, die sich von allein öffnete, als ich näher kam. Und dann durch noch so eine. Es war das erste Mal, dass ich hier allein war. Ohne meine Eltern. Oder andere. Erwachsene. Jetzt war ich dreizehn Jahre alt. Fast erwachsen. Ich ging an der hellgrauen Wand, die mit Plakaten vollgeklebt war, entlang ins Einkaufszentrum. Die Plakate zeigten Reklame für die Läden im Zentrum. Dann lief ich ein wenig umher und schaute mich um. Da hinten war der Eingang zu Burger King. Es gab zwei Möglichkeiten hineinzugehen. Entweder durch das Zentrum oder direkt vom Parkplatz aus. Ich guckte durch das Schaufenster hinein. Drinnen waren ziemlich viele Leute. Aber niemand, den ich kannte. Ich öffnete die Tür und ging hinein. Schaute mich wieder um. Es roch gut hier. Nach Pommes frites und gebratenem Fleisch. Dann ging ich wieder hinaus. Ich merkte, dass ich Hunger hatte. Sogar ziemlich großen Hunger. Gleich an der Einfahrt zum Einkaufszentrum befand sich eine Tankstelle. Ich ging hinüber und kaufte mir zwei große Würstchen und eine Cola. Der Mann hinterm Tresen packte mir Gurkensalat dazu. Ketchup nahm ich selbst. Er tippte den Betrag in die Kasse. Ich nahm noch einen Schokoladenriegel und legte ihn dazu auf den Tresen. Er hob ihn hoch und biepte mit diesem Dingsbums, das alle Waren registriert. Dann nahm ich alles mit, ging hinaus und setzte mich auf eine Mauer gleich hinter der Tankstelle. Von dort konnte ich den ganzen Parkplatz bis zum Einkaufszentrum übersehen. Und den Eingang. Aber niemand konnte mich sehen. Ich saß zwischen zwei Autos. Vielleicht konnte ich mein Praktikum an der Tankstelle machen? Würstchen verkaufen. Oder Autos waschen. Das kann ich ziemlich gut, glaube ich. Jedenfalls habe ich es schon mal gemacht.

Die Würstchen schmeckten gut. Ich aß beide, solange sie noch warm waren. Dann trank ich Cola und aß die Schokolade. Anschließend ging ich wieder ins Einkaufszentrum. Auf der einen Seite gibt es dort Fenster. Ich schaute hinein und guckte mir die Dinge an, die ausgestellt waren. Spiele, Bücher, Kleidung. Es gab über vierzig Geschäfte. Aber nur Burger King hatte einen eigenen Eingang. Sicher, weil die auch sonntags geöffnet hatten. Dann war der Rest geschlossen. Ich entdeckte mehrere Dinge im Schaufenster, die ich gern gehabt hätte. Ein Computerspiel, das ich mir wünschte, ich hatte im Fernsehen die Werbung dafür gesehen. Und viele in der Klasse hatten darüber geredet. Es hatte eine Supergrafik. Das sagten alle. Ich ging wieder zum Eingang des Einkaufszentrums. Die Türen öffneten sich jedes Mal, wenn jemand hinein- oder hinausging. Ich entdeckte den Laden, der Computerspiele und Filme verkaufte, direkt hinter dem Eingang. Ein Stück nach rechts. Da verkauften sie das Spiel, das ich mir wünschte. Das mit der Supergrafik. Die ganze Zeit kamen und gingen Leute. Ich ging wieder zur Tankstelle zurück. Dort kaufte ich einen Film, den ich schon mal gesehen hatte. Eigentlich ein Kinderfilm. Und einen Becher, auf dem Arsenal stand. Es gab mehrere Fußballvereine zur Auswahl. Das waren solche Becher, in denen der Kaffee sich länger warm hält. Oder der Kakao. Der Mann an der Kasse legte die Dinge für mich in eine Tüte. Ich guckte auf die Uhr. Es war kurz nach halb fünf. Bis nach Hause waren es zehn Kilometer. Ungefähr zwei Stunden zu gehen. Das passte genau, dachte ich.

Also machte ich mich auf den Weg.

Ich überlegte, wie oft ich diesen Weg schon mit dem Auto gefahren war. Sicher hundert Mal. Vielleicht noch häufiger. Aber das war das erste Mal, dass ich die Strecke zu Fuß ging. Was wohl mal an der Zeit war, dachte ich. Eigentlich sollte man alle Strecken zu Fuß gehen. Damit man sie richtig kennenlernt. An einigen Stellen konnte ich andere Wege gehen als direkt neben der Straße. Abkürzungen. Ich entdeckte Läden, die ich gar nicht kannte. Einen, der Autoreifen verkaufte. Vielleicht konnte ich dort während der Projektwoche arbeiten? Dem Besitzer bei den Autoreifen helfen. Die hatten dort bestimmt ein großes Lager voll mit Autoreifen. Und brauchten vielleicht jemanden, der ihnen half. In so einem Lager herrscht wahrscheinlich ein großes Durcheinander. Und einer, der aufräumt, kann da nützlich sein.

Neben dem Laden mit den Autoreifen lag ein Chinarestaurant. Und neben dem ein Tätowierladen. »Black Ink Tattoo« stand auf dem Schild. Ich blieb stehen und schaute durchs Fenster hinein. Davor hingen Gardinen, aber ich konnte trotzdem Fotos von Leuten erkennen, die sich hatten tätowieren lassen. Einer hatte sich einen Vogel auf den Schenkel tätowiert. Einen Spatz. Das sah hübsch aus.

»Willst du ein Tattoo haben?«, fragte eine Frau. Ich hatte sie gar nicht gesehen. Sie stand in der Türöffnung und rauchte. Ich sagte nichts.

»Oder willst du nur mal gucken?«, fragte sie weiter.

»Vielleicht.«

»Was?«

»Vielleicht will ich ja eins. Was kostet das?«

»Kommt drauf an, was du haben willst. Achthundert Kronen für die kleinen, so wie das da.«

Sie zeigte auf ein Kreuz, das sie auf dem Arm hatte.

»Wenn du ein großes haben willst, kann das mehrere Tausend kosten.«

»Achthundert?«

»Ja, du kannst schon mal anfangen zu sparen. Du hast noch Zeit, denn Tätowierungen darf man erst ab achtzehn machen lassen.«

»Wirklich?«

»Ja, und ich glaube, viele Eltern sind froh darüber.«

»Bist du auch froh darüber?«

»Ja, so muss ich mich nicht die ganze Zeit mit Kindern herumärgern. Es reicht, wenn sie hier angelaufen kommen und alles Mögliche fragen und nerven. Aber andererseits, das Geld könnte ich schon gebrauchen. Es ist teuer, selbstständig zu sein. Und die Konkurrenz ist groß.«

»Ja«, sagte ich.

»Tschüs«, sagte sie.

Ich ging einige Meter. Dann drehte ich mich um.

»Ich habe heute Geburtstag«, sagte ich. Aber sie hörte es wahrscheinlich nicht. Sie hatte eine Nachricht auf ihrem Handy bekommen.

Als ich nach Hause kam, saßen meine Eltern vor dem Fernseher. Auf dem Küchentisch stand ein Kuchen. Mama kam auf den Flur zu mir.

»Und, war es schön?«

»Ja, sehr schön.«

»Hast du auch Geschenke bekommen?«

Ich hielt ihr die Plastiktüte von der Tankstelle hin. Mama holte den Becher und die DVD heraus.

»Der sieht ja interessant aus«, sagte sie zu dem Film. »Und aus dem Becher kannst du deinen Kakao trinken. Morgens im Winter, wenn es kalt ist. Und wen hattest du zu Burger King eingeladen?«

»Zwei aus der Klasse«, sagte ich.

»Ja, das wissen wir. Aber jetzt kannst du ja wohl verraten, wen?«

Ich nannte zwei Namen aus der Klasse. Zwei der Jungs. Mama sah ein bisschen enttäuscht aus. Ich bereute schon, dass ich nicht einen Mädchennamen genannt hatte. Um Mama eine Freude zu machen.

»Schaffst du noch ein Stück Kuchen?«, rief Papa aus dem Wohnzimmer. »Ich schaffe es jedenfalls.«

Wir saßen vor dem Fernseher und aßen Kuchen. Papa und ich hatten zwei Riesenstücke genommen. Mamas war sehr viel kleiner.

»Leckerer Kuchen«, sagte Papa. Er trank Kaffee dazu.

Mama lächelte.

»Das ist doch nur der übliche«, entgegnete sie.

»Aber der ist immer lecker«, sagte Papa. »Jedes Mal wieder gleich lecker.«

»Du kriegst auch einen, zu deinem Geburtstag!«

»Wie lieb von dir!«

»Ja, ja.«

Ich ging in mein Zimmer und holte aus meiner Schultasche das Formular für das Praktikum heraus. Dann schrieb ich »Tätowieren oder Autoreifen« darauf. Ich nahm es mit hinunter und zeigte es meinen Eltern.

»Wann habt ihr das Berufspraktikum?«, fragte Papa.

»In ein paar Wochen. Im Oktober.«

»Du musst dir was Interessantes suchen«, sagte Mama. »Etwas, wozu du Lust hast, was du dir vorstellen könntest, wenn du erwachsen bist.«

»Ja.«

»Journalist«, sagte Papa. »Das wäre doch was für dich. Jetzt mit dem neuen Fotoapparat. Vielleicht könntest du solche Interviews mit Leuten auf der Straße machen. Sie fragen, was sie zu Mittag essen oder ob sie sich auf Weihnachten freuen. Und dann machst du Fotos von ihnen.«

»Nein.«

»Willst du das nicht?«

»Nein, das macht schon einer. Ein anderer aus der Klasse.«

»Ach so, ja. Dann also etwas anderes.«

»Du könntest bestimmt bei mir arbeiten«, sagte meine Mutter.

»In dem Brillenladen?«

»Optiker heißt das«, sagte sie. »Als du klein warst, da war es in Ordnung, Brillenladen zu sagen. Ich kann mal mit Jesper reden. Wir hatten schon häufiger Jugendliche im Praktikum.«

»Ja«, sagte ich. Ich hatte meine Mutter schon oft bei der Arbeit besucht. Ihr Chef, Jesper, war Däne. Er redete immer so langsam. Sicher, damit die Norweger auch verstanden, was er sagte.

»Der Brillenladen ist doch prima«, sagte Papa. »Schreib das auf den Bogen. Dann unterschreibe ich das. Oder soll Mama das lieber tun? Schließlich ist es ja ihr Arbeitsplatz?«

»Ich muss Jesper erst fragen.«

»Gibt es da auch ein Lager?«

»Ein Lager, ja. Das weißt du doch. Der Raum ganz am Ende des Flurs, das ist unser Lager. Da liegen alle Brillenfassungen. Die nicht im Laden ausgestellt sind. Jedes Mal, wenn wir neue Waren kriegen, ist es ein Wahnsinnsjob, alles an Ort und Stelle zu packen.«

»Das kann ich machen«, sagte ich.

»Natürlich kannst du das machen, Balder«, sagte meine Mutter. »Ich werde morgen mit Jesper reden.«

Ich nahm mir ein paar Kuchenkrümel und ging hinaus in den Schuppen. Der Vogel schaute die Krümel an, dann schaute er mich an. Er dachte, ich wäre gefährlich.

»Du, Geir«, fragte ich am Telefon, »bist du Student?«

»Ja, das stimmt«, antwortete er.

»Und deshalb arbeitest du abends?«

»Ja, dann kann ich einiges lesen, wenn es ruhig hier ist.«

»Willst du Pfarrer werden?«

Geir lachte.

»Nein, das will ich nicht. Ich will etwas werden, das nennt man Sozialpädagoge. So einer, der mit Menschen arbeitet.«

»Ich habe heute Geburtstag«, sagte ich.

»Na, so was. Herzlichen Glückwunsch. Hast du gefeiert?«

»Nein, aber ich war im Einkaufszentrum. Allein.«

»Wieso das? Solltest du nicht mit anderen zusammen sein, wenn du Geburtstag hast und so?«

»Ich wollte nicht. Der, den ich eingeladen hatte, der konnte nicht kommen. Weil er erwachsen ist.«

»Dann hast du keinen in deinem Alter eingeladen? Solltest du nicht lieber mit anderen Jugendlichen feiern?«

»Nein, das wollte ich nicht. Denn die wollen das bestimmt auch nicht.«

»Glaubst du nicht? Hast du denn schon mal so eine Geburtstagsfeier gehabt?«

»Nein, aber einmal haben wir einige eingeladen. Meine Mutter hat das gemacht. Ein paar aus der Klasse. Einige Jungs. Aber die sind nicht gekommen.«

»Haben sie gesagt, warum sie nicht gekommen sind?«

»Nein, sie sind einfach nicht gekommen. Aber alle in der Klasse wussten Bescheid. Dass sie nicht kommen würden. Das hatten sie verabredet.«

»Und wie ist es dir gegangen? Als sie nicht gekommen sind? Hast du deiner Mutter gesagt, dass du traurig bist?«

»Nein, ich habe gesagt, das macht nichts. Aber meine Mutter war ganz traurig. Mein Vater hat nur gesagt, dass so mehr Kuchen für ihn da ist.«

»Mehr Kuchen, ja. Und was hast du heute im Einkaufszentrum gemacht? Als du ganz allein dort warst?«

»Nichts, ich bin nicht reingegangen.«

»Nicht? Warum denn nicht?«

»Ich wollte nicht. Da ist nicht so viel … so viel zu …«

Ich hörte Geir atmen.

»Balder, bist du noch da? Weinst du?«

»Nein, ich weine nicht.«

»Das hört sich aber so an.«

»Ich weine nie.«

In der Schule gab ich den Zettel ab.

»Optiker«, sagte der Lehrer, »das ist eine gute Wahl. Hast du schon gefragt? Ob das in Ordnung geht?«

»Ja.«

»Kennst du jemanden, der dort arbeitet?«

»Ja.«
»Und wer?«
»Meine Mutter.«
»Prima. Dann ist das geklärt.«
»Ja.«

Zwei aus der Klasse hatten alte Klassenfotos zu einer Präsentation zusammengestellt. Von der ersten Klasse an. Es war merkwürdig, sich die Fotos anzugucken. Die ganze Klasse vor der Tafel aufgestellt. Oder vor dem Schuleingang. Alle lachten auf den Fotos.

»Wie klein wir waren.«

»Klein und unschuldig.«

»Guck dir nur die Kleider an.«

»Ich bin da ganz in rosa!«

»Da hast du die Zahnspange gekriegt. Das weiß ich noch genau«, Silje wandte sich Rikke zu.

»Besser als die Brille, die du da hast, die sieht ja total bescheuert aus.«

Wieder lachten alle.

»Schön, euch so zu sehen«, sagte der Lehrer. »Und schon merkwürdig, wie schnell ihr wachst und wie sehr ihr euch verändert.«

»Guckt euch Ballaballa an«, sagte Steffen. »Der steht auf jedem Foto neben dem Lehrer. Von der ersten Klasse an.«

Aina ließ die Fotos noch einmal durchlaufen. Ich stand tatsächlich auf allen Fotos neben dem Lehrer. Ganz außen, der Lehrer stand immer zwischen mir und dem Rest der Klasse.

»Hattest du Angst, wir würden dir was tun?«, rief Steffen mir zu. Die ganze Klasse drehte sich zu mir um.

»Hast du Angst vorm Fotografen, Ballaballa?«, rief Steffen weiter.

»Nun, nun, beruhigt euch mal«, sagte der Lehrer.

Ich öffnete den Mund, um zu sagen, dass ich keine Angst habe. Doch da spürte ich etwas Warmes im Mund.

»Er hat schon wieder Nasenbluten«, sagte Rikke.

»Igitt«, sagte Aina.

»Das kriegt er immer, wenn er Angst hat«, sagte Rikke.

Ich wischte mir unter der Nase entlang. Ich blutete. Blut lief aus meiner Nase. Aber ich hatte keine Angst. Zumindest keine Angst vor Blut. Manche fallen in Ohnmacht, wenn sie Blut sehen. Ich kann das ab.

Der Lehrer sagte, ich sollte in der Pause noch im Klassenzimmer bleiben. Er gab mir ein Papierhandtuch, damit ich das Blut abwischen konnte. Aber er half mir nicht dabei. Früher haben sie das immer getan. Als ich noch kleiner war.

»Alles in Ordnung mit dir?«, fragte er.

»Ja, alles in Ordnung.«

»Mit dir und den anderen?«

»Ja, ja, alles okay.«

»Sind sie nett zu dir?«

»Ja, die sind nett.«

»Schön. Dann geht es wohl gut. Ich habe gehört, dass dir in der Turnhalle ein kleines Missgeschick passiert ist. Du hast die Tür verfehlt und ein Stuhlbein abgebrochen.«

»Ja, das war ein Unfall.«

»So was kommt vor.«

Der Lehrer packte den Laptop zusammen, den er für die Stunde mitgebracht hatte. Dann wickelte er das Kabel auf, das zum Beamer führte.

»Vielleicht kannst du mir helfen, Balder«, sagte er.

Er lächelte.

Ich nickte.

»Ja.«

»Du kannst den Beamer in die Tasche legen. Und die dann auf den Tisch.«

Wieder nickte ich. Zog das Kabel aus der Steckdose und stellte den Beamer auf den Tisch. Dann legte ich die schwarze Tasche daneben. Ich nahm den Beamer hoch und wollte ihn in die Tasche legen. Es knallte. Der Beamer lag auf dem Boden. Ich hatte die Tasche verfehlt.

»Was machst du da?« Der Lehrer stand direkt neben mir.

Ich gab keine Antwort.

»Was fällt dir ein?«

»Der … er ist runtergefallen.«

»Du solltest ihn in die Tasche packen, nicht auf den Boden fallen lassen.«

Er hob den Beamer auf. Der ganze obere Teil war lose. Der Deckel. Ein paar Teile fielen heraus.

»Der ist kaputt«, sagte er. »Er war ganz neu.«

»Ich habe Geld, ich kann ihn bezahlen«, sagte ich.

»Hast du den Tisch verfehlt?«

»Ja, ich werde ihn bezahlen.«

»So läuft das nicht hier an der Schule«, entgegnete er. »Du brauchst dafür nicht zu bezahlen. Ich bin derjenige, der die Verantwortung trägt. Ich und die Schule.«

Wieder blutete ich. Es tropfte auf den Fußboden.

»Du brauchst keine Angst zu haben«, sagte der Lehrer. Aber er gab mir kein Papierhandtuch mehr. Er legte die Beamerteile in die Tasche. Ich nahm meine Schultasche und verließ das Klassenzimmer.

»Balder«, sagte er. »Du solltest deine Augen mal untersuchen lassen.«

Und dann sagte er noch etwas. Aber das hörte ich nicht mehr, weil ich die Tür hinter mir zuzog.

Ich weiß nicht wie, aber alle in der Klasse erfuhren in Windeseile von der Sache mit dem Beamer. Einige kamen in der Pause zu mir, während ich im Unterstand saß, um zu fragen. Vielleicht auch nur, um mir zu sagen, dass sie davon wussten.

»Hast du dieses ganze Videodingsbums kaputtgemacht?«, fragte Krister.

Ich antwortete nicht.

»Bist du total verrückt geworden?«, fragte Steffen. »Hast du es etwa an die Wand geschmissen?«

Ich antwortete auch darauf nicht, es nützte ja doch nichts.

»Sauber«, sagte Krister. »Nur blöd, dass wir es nicht mitgekriegt haben, wie Ballaballa durchgeknallt ist. Na, erwartet habe ich es schon die ganze Zeit. Du musst aber dafür sorgen, dass wir das nächste Mal dabei sind, wenn du anfängst zu spinnen.«

Ich sagte nichts.

Kurz darauf tauchten die Mädchen auf.

»Es ist deine Schuld, wenn wir den Beamer nicht mehr in der Klasse benutzen dürfen«, sagte Aina.

»Du musst einen neuen kaufen«, sagte Rikke.

»Der Schulleiter wird deine Eltern anrufen«, sagte Aina.

»Die haben bestimmt schon mit der Polizei gesprochen. Und mit dem Jugendamt«, sagte Silje.

Ich dachte an Edwin, er würde heute den Bus auf dem Heimweg fahren. Das hatte er mir gesagt, heute Morgen. Ich dachte daran, dass ich die Zeitschrift herausholen und ihm das Foto zeigen wollte. Denn er hatte es ja sehen wollen. Das hatte er gesagt. Das Foto, das ich gemacht hatte. Er wusste nicht, dass es in einer Zeitschrift abgedruckt war. Und dass ich damit Geld gewonnen hatte.

»Vielleicht darfst du ja gar nicht weiter hier auf die Schule gehen«, sagte Aina. »Vielleicht bist du zu gefährlich für eine normale Schule.«

»Jetzt hat er wieder Nasenbluten«, sagte Silje.

»Das kriegt er immer, wenn er Angst hat«, sagte Rikke.

Dann gingen sie. Ich guckte in meine Schultasche. Die Zeitschrift lag drinnen. Ich würde es Edwin zeigen. Das Foto. Die Tüte mit dem Vogelfutter lag auch dort. Ich warf sie in den Müll.

Als ich aus dem Tor kam, stand unser Auto vor der Schule. Mama saß hinter dem Steuer. Ich überquerte die Straße, hoffte, sie würde mich nicht sehen und ging zur Bushaltestelle, aber sie rief mir hinterher. Rief, ich solle zu ihr kommen. Und das musste ich dann wohl tun.

»Hast du mich nicht gesehen?«, fragte sie, als ich im Auto saß.

»Doch«, antwortete ich, »ich habe dich gesehen.«

»Und warum hast du dann versucht, wegzulaufen?«

»Ich wollte den Bus nehmen.«

»Warum das?«

»Weil Edwin heute fährt. Er wollte mein Foto sehen. Das Foto in der Zeitschrift.«

»Das kann er ein andermal sehen. Dein Lehrer hat mich angerufen. Er hat gesagt, du hast einen Projektor auf den Boden fallen lassen. So einen für Videos. Einen Beamer.«

»Ich werde ihn bezahlen.«

»Wir brauchen ihn nicht zu bezahlen. Ich habe dem Lehrer auch gesagt, dass wir ihn bezahlen, aber das dürfen wir gar nicht.

Die Schule darf kein Geld für Dinge nehmen, die Schüler kaputtgemacht haben.«

»Ich habe Geld.«

»Dann hat er mir noch erzählt, dass du ein Stuhlbein abgebrochen hast. In der Turnhalle.«

»Ja.«

»Und dass du häufig Nasenbluten hast.«

»Das ist nur ein bisschen Blut.«

»Aber so etwas musst du Papa und mir doch erzählen.«

»Ja.«

»Und noch etwas. Ich habe nach deiner Präsentation gefragt. Nach dem Foto und diesem tollen Vortrag, den du erarbeitet hast. Mir hast du erzählt, du hättest ihn gehalten. Aber der Lehrer hat gesagt, du hast ihn gar nicht gehalten. Hast du oder hast du nicht?«

»Nein.«

»Warum nicht? Du hast doch so lange daran gearbeitet.«

»Ich habe es vergessen.«

»Wir müssen darüber reden«, sagte meine Mutter. »Wenn Papa nach Hause kommt. Heute Abend.«

Sie sprachen nach dem Essen mit mir. Papa sagte, dass er traurig sei, und Mama sagte, sie sei auch traurig. Dann sagte Papa, Mama sei traurig, und Mama sagte, Papa sei traurig. Und dann fragten sie mich, wie es mir gehe.

»Mir geht es gut.«

Papa war der Meinung, wir müssten den Projektor ersetzen. Mama sagte, das dürften wir gar nicht. Papa fand, wir sollten es trotzdem tun. Dann fragte er mich, warum ich die Präsentation nicht gehalten hatte, die ich doch fertig hatte.

»Ich habe es vergessen.«

Papa sagte, er habe genau gesehen, dass ich mehrere USB-Sticks und meine Unterlagen mitgenommen hätte. Und dass ich alles wieder aus der Tasche genommen hätte, als ich nach Hause gekommen war.

»Du kannst es also gar nicht vergessen haben«, sagte er.

»Der Beamer war kaputt.«

»Aber der ist doch erst heute kaputtgegangen.«

Ich sagte nichts.

»Hast du den Projektor kaputt gemacht, damit du deinen Vortrag nicht halten musst?«

Vielleicht kam Nancy ja bald aus dem Urlaub zurück. Dann konnte ich ihr das Foto auch zeigen. Vielleicht hatte sie es sogar schon gesehen. Es war doch möglich, dass sie die Zeitschrift gekauft hatte, in der es abgedruckt worden war. Und dann hatte sie es gesehen, aber ohne zu merken, dass mein Name darunter stand. Ich konnte sie danach fragen. Wenn sie wieder zu Hause war.

»Hast du gehört, was Papa dich gefragt hat?«, fragte Mama.

»Ja.«

»Was hat er dich denn gefragt?«

»Nach den USB-Sticks«, antwortete ich.

»Das ist lange her. Er hat dich jetzt nach dem Stuhl gefragt. Den du kaputtgemacht hast.«

»Der Hausmeister will ihn kleben.«

»Du hast Nasenbluten«, sagte Mama. »Ich hole ein Stück Papier.«

Sie brachte das Haushaltspapier aus der Küche mit.

Ich stopfte mir in beide Nasenlöcher Papier.

»Du musst uns sagen, wenn etwas nicht in Ordnung ist, Balder«, sagte Mama.

»Das musst du uns sagen«, sagte Papa.

»Ja.«
»Ist etwas nicht in Ordnung?«
»Nein.«
»Gibt es etwas, das dich quält?«
»Nein.«
»Etwas, das du getan hast?«
»Nein.«
»Gibt es etwas, wovor du Angst hast?«
»Nein.«

Meine Eltern guckten Fernsehen. Ich ging in den Waschkeller. Da standen jede Menge Flaschen über dem Waschbecken. Auch eine mit Unkrautvernichter. Den benutzten wir für die Gehwegplatten vor dem Haus. Um den Löwenzahn wegzukriegen, der dort wuchs. Papa sagte, das Zeug sei giftig. Und ich dürfte die Flasche nie anfassen. Ich hatte zwei Gläser dabei. Eines füllte ich mit Unkrautvernichter. Das andere mit Wasser. Ich stellte beide Gläser auf die Anrichte und schloss die Augen. Dann vertauschte ich die Gläser immer und immer wieder. Mit geschlossenen Augen. Zum Schluss wusste ich nicht mehr, in welchem Glas das Gift und in welchem das Wasser war. Ich hatte keine Angst. Vor gar nichts. Ich nahm das eine Glas und trank schnell einen Schluck. Es schmeckte nach Wasser. Ich trank alles aus. Bis auf den Grund. Ich hatte keine Angst. Vor gar nichts. Ich hatte auch kein Nasenbluten. Niemand konnte behaupten, ich hätte Angst. Jetzt nicht. Ich doch nicht.

Geir war nicht da. Eine Frau war am Telefon. Sie sagte nur, dass die Busse nach Fahrplan fuhren. Dann legte sie auf.

Edwin sagte, mein Foto sei richtig schön. Er wolle sich die Zeitschrift kaufen, sagte er. Und dann redete er über Blitze. Er hatte von vielen Kühen gehört, die vom Blitz getötet worden waren. Kühe und Pferde. Manchmal schlug der Blitz auch in einen Menschen ein, wie er sagte. Aber er kannte niemanden, der von einem Blitz getroffen worden war. Einmal hatte er gesehen, wie ein Haus nach einem Blitzeinschlag in Brand geraten war. Ein Schuppen, eine Scheune auf einem Feld. Das war spätabends, während er Bus fuhr. Er hatte die Feuerwehr alarmiert. Aber nicht gewartet, bis sie kam. Heute sind dort, wo die Scheune gestanden hatte, Häuser gebaut worden. Viele neue Häuser.

»Ich hätte mir kein Haus dort gebaut«, sagte er. »Wenn der Blitz erst einmal dort eingeschlagen ist, dann kann das schnell wieder passieren. Das wissen alle. Alle, die etwas davon verstehen. Wer behauptet, der Blitz würde nie zweimal an der gleichen Stelle einschlagen, der hat keine Ahnung. Achte mal darauf. Wenn du eine Stelle siehst, wo der Blitz eingeschlagen ist, dann halte dich lieber fern. Er kann dort schnell wieder einschlagen.«

Ich fragte, ob Nancy schon zurück sei. Edwin wusste das nicht. Er fragte, ob es in der Schule gut laufe. Für mich.

»Alles gut«, erklärte ich.

»Eigentlich ist ein Blitz nicht gefährlich«, sagte er. »Wenn man nur aufpasst. Und ein bisschen vorsichtig ist. Dann gibt es keinen Grund, Angst zu haben.«

»Nein«, nickte ich.

Denn ich hatte keine Angst. Nicht vor Blitzen.

Der Lehrer wollte mit mir reden, während die anderen schon in die Klasse gingen. Er sagte, ich solle kurz draußen auf ihn warten. Ich konnte hören, wie einige in der Klasse sagten, dass ich jetzt bestimmt richtig Ärger bekäme. Krister sagte, ich würde jetzt sicher wieder total ausrasten. Der Lehrer schloss die Tür, damit die anderen nicht hören konnten, worüber wir sprachen. Dann sagte er, meine Mutter habe angerufen. Sie hatte ihm von der Präsentation erzählt, die ich gemacht hatte. Und von meinem Foto. Sie hatte ihm auch erzählt, dass das Foto in einer Zeitschrift abgedruckt worden war. Der Lehrer sagte, wenn ich wolle, könnte ich die Präsentation noch halten.

Ich sagte nichts.

»Du kannst ja die Zeitschrift mitbringen und in der Klasse herumzeigen«, meinte er. »Dann kann die ganze Bande sehen, was für ein fantastisches Foto du gemacht hast und dass du dafür einen Preis in einer Zeitschrift gewonnen hast. Willst du das Heft nicht mal mitbringen?«

»Ja«, sagte ich. Dabei hielt ich krampfhaft meine Schultasche zu, damit er nicht sehen konnte, dass die Zeitschrift drinnen lag.

»Ist Ballaballa durchgedreht?«, fragte Krister, als wir hereinkamen.

Der Lehrer sagte nur, alle sollten ihre Norwegischbücher herausholen.

»Bestimmt dreht er bald wieder durch«, sagte Krister.

In der Pause nahm ich meine Schultasche mit auf den Hof. Und dann warf ich die Zeitschrift in die Mülltonne am Unterstand. Ich passte auf, dass sie ganz unten landete, damit niemand sie finden konnte. Keiner aus meiner Klasse kam zu mir. Draußen fuhr ein Bus vorbei, aber ich konnte nicht sehen, wer ihn fuhr. Sicher einer von den Neuen. Ich holte mein Schulbrot heraus und zerbröselte die Brotscheiben. Dann warf ich alles auf den Bürgersteig. Ein paar Spatzen kamen angeflogen. Doch dann verscheuchte eine Möwe sie.

Nancy fuhr den Bus. Sie erzählte, dass sie krankgeschrieben gewesen war. Nachdem sie aus dem Urlaub nach Hause gekommen war. Wegen der Schulter.

»Ich bin auch nicht mehr die Alte«, sagte sie. Wir fuhren nach Vik hinaus.

»Nicht?«

»Das Alter, Balder, das Alter. Aber davon weißt du ja noch nichts. Du bist noch so jung und munter. Ich war auch so munter, als ich noch jung war. Jetzt hat es sich was mit der Munterkeit. Dreißig Jahre Busfahren, das hinterlässt seine Spuren. Bei jedem Wetter draußen zu sein.«

»Hinterlässt das Spuren?«

»Oh ja. Ich muss wohl bald damit aufhören. Der Körper sagt stopp. Der Urlaub, der hat gutgetan. Sonne und Wärme tun gut.«

»Musst du aufhören?«

»Das muss ich wohl bald.«

Sie hielt an, um an der Baustelle auf grünes Licht zu warten.

»Das zieht sich ja ewig hin«, sagte sie.

»Was zieht sich ewig hin?«

»Na, die Bauarbeiten hier. Es hat Leute gegeben, die dagegen protestiert haben, dass die Bäume gefällt werden sollen. Weil sie doch schon so alt sind.«

»Sind sie sehr alt?«

»In der Zeitung stand, dass der größte Baum da hinten, die Eiche, mindestens fünfhundert Jahre alt ist. Einige meinen, sie könnte tausend Jahre alt sein.«

»Das ist aber sehr alt.«

»Ja, sehr, sehr alt. Schon ein Jammer, dass sie gefällt werden müssen.«

»Willst du, dass sie stehen bleiben, Nancy?«

»Ich? Es interessiert doch keinen, was ich will. Ich fahre nur den Bus. Aber schade ist es schon.«

»Der Blitz ist hier in einen Baum eingeschlagen«, sagte ich. »In einen großen.«

»Glaubst du?«

»Ich weiß es. Ich habe es gesehen. Sie haben den Baum abgeholzt. Der war ganz kaputt.«

»Ja, dann brauchten sie ihn ja nicht mehr zu fällen«, sagte Nancy. Sie fuhr wieder los. »Aber so ein Blödsinn, hier mehrere Minuten auf grünes Licht zu warten, wenn gar kein Gegenverkehr ist.«

»Wieso ist das Blödsinn, Nancy?«

»Na, wir stehen doch nur hier und warten auf nichts. Auf rein gar nichts.«

»Aber wir haben uns die Bäume ansehen können.«

Nancy guckte mich im Spiegel an.

»Du bist schon komisch«, sagte sie. »Wirklich komisch.«

Während wir in Vik warteten, erzählte Nancy von ihrem Urlaub. Von dem Ort, an dem sie gewesen war, wo sie jeden Abend gegessen hatte und von einem Kellner, der mit ihr in ihr Hotel gehen wollte.

»Hätte ich zugestimmt, dann wäre es Schluss mit Busfahren für mich gewesen«, sagte sie lachend. »Aber vielleicht wäre ich auch Busfahrerin in der Türkei geworden.«

»Kannst du denn Türkisch sprechen, Nancy?«

»Ich? Nein. Aber er konnte Englisch. Und das kann ich auch. Ein bisschen was habe ich in den vielen Jahren Busfahren ja doch gelernt.«

»Hast du Englisch beim Busfahren gelernt?«

»Na, weißt du, es fahren ja so einige Touristen mit. Da habe ich einiges aufgeschnappt. Und einmal hat uns das Busunternehmen einen Kursus spendiert, damit wir auf Fragen nach dem Fahrplan antworten oder erklären können, wo verschiedene Dinge sind.«

»Hast du denn nicht in der Schule Englisch gelernt?«

»Nee, nicht besonders viel. Die Schule war nichts für mich. Und ich war nichts für die Schule. Ich habe dort rauchen gelernt und die Unterschrift meiner Mutter im Entschuldigungsheft zu fälschen, das war wohl das Wichtigste für mich.«

Ich hatte noch nie eine Unterschrift gefälscht, dachte ich. Und auch nicht geraucht. Aber es war trotzdem nicht gesagt, dass die Schule etwas für mich war.

»Hast du deshalb angefangen, Bus zu fahren, Nancy?«

»Hehe, nein. Deshalb nicht. Als ich nach der neunten Klasse abgegangen bin, habe ich überall mal gejobbt. Dann habe ich geheiratet und Kinder gekriegt. Mein Mann war Lastwagenfahrer und ich habe auf die Kinder aufgepasst. Aber um unser Einkommen etwas aufzubessern, habe ich angefangen, nachts die Busse zu reinigen. Das habe ich viele, viele Jahre lang gemacht. Nachts die Busse geputzt, dann nach Hause und die Kinder in die Schule geschickt, anschließend ein bisschen geschlafen, solange sie weg waren, und wieder aufgestanden, wenn sie etwas zu essen brauchten. Damals fuhren nur Männer die Busse. Aber eines Tages fragte mich einer der Chefs, ob ich nicht lieber Bus fahren wollte, statt sie zu putzen. Sie brauchten Fahrer. Wenn ihr mir beibringt, Bus zu fahren, dann fahre ich Bus, habe ich geantwortet. Dann habe ich den Busführerschein gemacht. Das haben die für mich bezahlt. Und seitdem fahre ich. Das ist in Ordnung. Jedenfalls besser, als Busse zu waschen.«

»Ich mache bald ein Berufspraktikum«, sagte ich. »In einem Brillenladen.«

»In einem Brillenladen? Heißt das so? Ist das so ein Laden, in dem man einen Sehtest macht und so?«

»Ja, meine Mutter arbeitet dort.«

»Das ist das Schlimmste, was ich mir vorstellen kann«, sagte Nancy, »wenn ich mir eine neue Brille aussuchen muss. Ich finde jedes Mal, dass ich total bescheuert damit aussehe. Deshalb trage ich die alte immer viel zu lange.«

Sie holte ihre Lesebrille aus der großen Busfahrertasche.

»Die ist doch schrecklich«, sagte sie.

»Sie steht dir«, widersprach ich, »die ist doch hübsch.«

Nancy lachte.

»Du bist nett, Balder. Und lieb. Nicht wie die anderen in deinem Alter. Die immer nur herumschreien und eine arme Busfahrerin ärgern. Du bist immer nett.«

»Du bist auch nett, Nancy.«

Nancy lachte.

»Einige der Zugvögel fliegen im Winter in die Türkei«, erzählte ich.

»Das ist schlau von ihnen«, nickte sie.

Wir fuhren wieder in die Stadt. Nancy hielt an den üblichen Bushaltestellen und die üblichen Leute stiegen in den Bus. Keiner redete mit Nancy. Oder mit mir.

In der Schule verteilte der Lehrer Umschläge an alle. Das waren die Papiere für das Berufspraktikum. In ihnen stand, wo wir arbeiten sollten, wann wir dort erscheinen mussten und was wir dabeihaben mussten. Alle in der Klasse redeten durcheinander und erzählten sich, wo sie arbeiten würden. Die es nicht geschafft hatten, sich selbst einen Platz zu suchen, waren gespannt, wo sie gelandet waren. »Brillenwelt« stand auf meinem Bogen. »Kontaktperson: Jesper Olesen«. Das hatte ich schon vorher gewusst. Rikke drehte sich zu mir um und fragte, wo ich arbeiten sollte. Ich antwortete nicht, drehte aber mein Papier ein wenig, dass sie es lesen konnte.

»Brillen?«

Ich nickte.

»Ist das da, wo deine Mutter arbeitet?«

Wieder nickte ich.

Ich hörte, wie sie den anderen erzählte, wo sie arbeiten würde, bekam es aber nicht ganz mit. Auf dem Weg aus dem Klassenzimmer hinaus redete jemand darüber, dass ich bei meiner Mutter in einem Brillenladen arbeiten würde.

»Das muss er machen«, sagte Krister, »was anderes trauen sie sich nicht. Sie wissen ja, dass er durchdrehen kann. Oder plötzlich Nasenbluten kriegt. Es will ja wohl keiner jemanden als Praktikant haben, der dauernd Nasenbluten hat.«

»Ich will meinen Platz tauschen«, sagte Aina. »Hier steht, ich soll im Supermarkt, bei Rema, arbeiten, aber ich will lieber in einen Plattenladen. Ich werde mich beschweren.«

In der Pause setzte ich mich in den Unterstand.

Wir fuhren mit Mamas Auto. Der Laden öffnete nicht vor zehn Uhr, aber wir mussten schon um neun Uhr dort sein. Es gibt viel vorzubereiten, bevor die Kunden kommen.

»Du hast Glück, dass du in einem Laden arbeiten kannst«, sagte Mama. »Als ich mein Berufspraktikum machen musste, habe ich nur eine Stelle in einer Möbelfabrik gekriegt. Die fingen dort um sieben Uhr an. Ich war den ganzen Tag lang müde.«

Mama lachte über ihre eigene Geschichte.

»Was hast du in der Möbelfabrik gemacht?«

»Alles Mögliche. Aber ich durfte keine Maschinen betätigen, das war zu gefährlich. Sie sägten und hobelten dort Holz, um Stühle daraus zu machen. Und ich musste die Bezüge auf die Kissen ziehen und Möbelstücke in Kartons stapeln, die dann verschickt wurden. Einen Tag lang war ich auch im Büro und habe Rechnungen einsortiert. Das war ziemlich langweilig.«

»Und warum hast du später nicht bei dieser Fabrik angefangen? Als du eine Arbeit gesucht hast?«

Wieder lachte Mama.

»Weil die mit ihrem Betrieb umgezogen sind. Und das war mein Glück, denn die Fabrik ist schon vor vielen Jahren stillgelegt worden.«

»Vermisst du sie?«

»Nein.«

Jesper, Mamas Chef, gab mir einen weißen Kittel. Der war zu groß, aber meine Mutter fand, ich sähe darin richtig erwachsen aus. Dann fragte Jesper mich, wozu ich Lust hätte. Mama glaubte, ich wolle bestimmt im Laden stehen und Kunden helfen, aber ich sagte, ich könnte doch ins Lager gehen und dort irgendwie aufräumen. Oder Rechnungen in einen Ordner sortieren. Jesper erwiderte, dass sie keine Rechnungen hier hatten, das regelte alles eine andere Firma. Eine Buchhaltungsfirma. Die machten alles per Computer. Dann unterhielten er und Mama sich ein wenig darüber, was ich tun könnte. Sie wurden sich darüber einig, dass ich das Lager aufräumen sollte, und Mama zeigte mir, was da zu tun war. Ich sollte die Kartons mit Brillenfassungen, die dort gestapelt waren, mit einer Liste vergleichen und alle Kartons, die aufgelistet waren, zur Seite legen. Anschließend sollte ich zählen, wie viele Fassungen in den einzelnen Kartons waren, und nachsehen, ob die Zahl mit der Liste übereinstimmte. Das war ziemlich viel Arbeit. Mama schlug mir vor, ich könne dabei Radio hören, aber das wollte ich nicht, weil ich nicht abgelenkt werden wollte. Ab und zu kamen meine Mutter oder Jesper herein, um etwas zu holen. Dann fragten sie mich, wie es denn so liefe.

»Gut«, sagte ich.

Mama gab mir Bescheid, als wir eine Pause machen wollten. Dazu setzten wir uns in ein Zimmerchen neben dem Büro. Das Zimmer war so klein, dass nur Platz für drei Stühle und einen kleinen Tisch war. Normalerweise war eine, die Margit hieß, auch hier im Laden, aber sie hatte diese Woche Urlaub. Jesper sagte, das passe ja ausgezeichnet, weil sie sowieso Hilfe im Laden hätten. Aber weil Margit nicht da war, konnten sie nicht in Ruhe ihre Pause machen. Einer von ihnen musste immer in den Laden, wenn ein Kunde kam.

Kurz vor Feierabend war ich fertig mit dem Sortieren der Kartons. Jesper sagte, ich hätte toll gearbeitet. Mama machte mit ihrem Handy ein Foto von mir und schickte es an Papa, damit er mich in dem weißen Kittel sehen konnte. Aber er antwortete nicht auf die Nachricht. Um fünf Uhr gingen wir nach Hause. Jesper wollte noch etwas länger arbeiten, weil so viel zu tun war, wie er sagte. Mama und ich schauten auf dem Heimweg in einem Laden vorbei und kauften etwas zu essen ein. Papa war schon zu Hause, als wir kamen. Er fragte, wie es gelaufen sei.

»Gut«, antwortete ich.

Am nächsten Tag wurden neue Waren angeliefert. Ich holte ein paar große Kartons von draußen herein und fuhr sie auf einer Sackkarre ins Lager. Dann musste ich die Kartons mit einem Messer öffnen. Jesper nahm die Zettel, die in einer Plastiktasche außen an jedem Karton steckten, und verglich sie mit seinen Bestellpapieren. Alles stimmte. Anschließend packte ich die Kartons aus und legte sie auf die freien Plätze in den Regalen. Dorthin, wo ich die alten Kartons am Vortag ausgeräumt hatte. Ich musste jeden einzelnen Karton mit Jespers Listen vergleichen und ankreuzen. Alles stimmte.

Für die Pause hatte Jesper Kopenhagener gekauft. Mama wollte nicht so viel Süßes essen, weil sie abnehmen wollte, daher gab es ziemlich viel für mich. Die Kuchen waren sehr lecker. Jesper erzählte, meine Mutter habe ihm das Foto gezeigt, das ich von dem Blitz gemacht hatte, und dass er das richtig gut fand. Dann besprachen er und Mama den Ausverkauf, der am Donnerstag anfangen sollte. Dann wollten sie Brillenfassungen zum halben Preis verkaufen. Das waren die Fassungen aus dem letzten Jahr, die ich aus den Regalen herausgeräumt hatte. Mama sagte, ich könne doch am nächsten Tag anfangen, die Aktion vorzubereiten, und dass sie mir zeigen werde, was ich dafür zu machen hatte.

Kurz vor zwei Uhr kam Mama zu mir und sagte, im Büro wäre jemand am Telefon für mich. Es war unser Lehrer. Er fragte, wie es bei mir liefe.

»Gut«, sagte ich.

Dann meinte der Lehrer, er wolle am nächsten Tag in den Laden kommen, um mit mir und dem Chef zu reden. Das gehörte dazu, sagte er. »Passt das?«, fragte er.

»Ja, das passt gut«, antwortete ich.

Am nächsten Tag holte Mama drei Stative aus einem Verschlag heraus. Das waren solche Gestelle mit Rädern darunter, die man um ihre Achse drehen kann.

»Das ist für die Sonderangebote«, sagte sie. »Du kannst die Brillen fertig machen. Ein Stativ für Damenbrillen, eines für Herrenbrillen und eines für Kinderbrillen.«

»Woran sieht man den Unterschied?«

Mama zeigte mir einen Code auf den Schachteln.

»Du nimmst eine Brille von jeder Sorte und steckst sie ins Stativ. So.«

Sie zeigte mir, wie ich die Bügel hineinschieben musste. »Aber vorher müssen wir wohl noch die Spiegel oben auf dem Stativ putzen«, sagte sie. »Die müssen schön blank und sauber sein.«

»Das kann ich machen«, sagte ich.

Ich fand die Putzmittel auf der Toilette. Und im Lager stand eine große Kiste mit Putztüchern. Solche Putztücher, wie die Leute sie immer kriegen, wenn sie eine neue Brille kaufen. Zuerst wusch ich vorsichtig jeden einzelnen Spiegel. Dann rieb ich sie alle blank. Sie wurden richtig schön sauber.

»Sehr schön«, sagte Jesper, als er vorbeiging.

Ich steckte die Brillen ins Stativ. Das war mehr Arbeit als ich gedacht hatte. Als ich mit allen drei Stativen fertig war, sagte ich meiner Mutter Bescheid.

»Du kannst sie nachher in den Laden rollen«, sagte sie. »Nach der Pause.«

»Aber fängt der Verkauf nicht erst morgen an?«, fragte ich, während wir aßen. »Sollen wir nicht lieber bis morgen warten, eh wir die Stative rausstellen?«

»Nein, bring sie gleich raus«, sagte Jesper.

»Aber wenn nun einer nicht aufpasst«, sagte ich, »und eine der Brillen heute schon nimmt, wo sie doch noch gar nicht im Angebot sind.«

»Dann muss er den vollen Preis dafür zahlen«, erklärte Jesper. »So ist es nun einmal. Schließlich führen wir hier ein Geschäft.«

Mama lachte.

»Ja, wir führen hier ein Geschäft.«

Als die Pause zu Ende war, sagte Mama, ich solle die Stative einfach herausrollen und vor die Wand stellen. Ich schaute in den Laden. Es waren mehrere Kunden dort.

»Vielleicht warten wir noch ein bisschen?«, schlug ich vor. Aber Mama sagte, das sollten wir jetzt gleich machen. Denn anschließend musste ich noch die leeren Kartons zusammenlegen und den Boden fegen. Damit alles aufgeräumt war, für die, die abends zum Putzen kamen. »Roll immer nur ein Stativ raus«, sagte Mama. »Die können sonst umkippen.«

Zuerst rollte ich das Stativ mit den Kinderbrillen raus. Das stellte ich in der Ecke an die Wand. Es waren keine Kunden im

Laden, aber gerade als ich wieder zurück ins Lager gehen wollte, kam eine Dame herein. Eine alte Dame.

»Ich brauche Hilfe mit meiner Brille«, sagte sie. »Die ist ganz schief, verbogen.«

Weder Mama noch Jesper waren da. Ich schaute mich um, während mir die Frau eine Brille entgegenhielt. Ich öffnete die Tür zum Flur hinter dem Laden. Mama saß im Büro und telefonierte. Jesper stand in der Tür zum Lager. Ich deutete Richtung Laden.

»Ist jemand da?«

Ich nickte. Jesper ging zu der Dame und ich konnte hören, wie er ihr erklärte, dass ich nur ein Praktikant aus der Schule sei. Was die Dame daraufhin sagte, konnte ich nicht hören. Ich wartete, bis sie gegangen war, dann rollte ich das nächste Gestell hinaus. Stellte es neben das erste. Jesper schaute mir zu, sagte aber nichts. Ich ging auf den Flur, um das letzte Stativ zu holen. Da hörte ich die Tür. Ein neuer Kunde kam herein. Vorsichtig schob ich das Stativ über den Flur, bis zu der Tür, die in den Verkaufsraum führte. Mama war dort draußen, zusammen mit Jesper. Ich konnte hören, wie sie mit jemandem sprachen. Ich wollte lieber warten, bis der Kunde gegangen war. Dann konnte ich das letzte Gestell hinausstellen. Doch plötzlich öffnete Mama die Tür. Fast wäre sie ins Stativ gerannt.

»Da bist du ja«, sagte sie. »Du musst kommen, da ist Besuch für dich.«

Meine Mutter hielt die Tür auf. Zwischen uns stand das Stativ mit den Damenbrillen. Man kam nicht vorbei. Sollte ich es zurückrollen?

»Nun komm schon«, sagte Mama. »Dein Lehrer ist hier. Nimm das Stativ mit und komm raus.«

Ich schob das Stativ vor mir her. Die anderen hatte ich gezogen, das war einfacher gewesen. Jetzt stieß ich gegen den Türrahmen. Ein paar Brillenfassungen fielen hinunter.

»Warte eben«, sagte Mama und hockte sich hin. Ich tat das Gleiche. Doch plötzlich stolperte ich über ein Stativrad und fiel hin. Das Stativ kippte in den Verkaufsraum; auf Mama drauf. Jemand rief mir etwas zu, aber ich hörte nicht, was. Dann hob Jesper das Stativ hoch und auch Mama kam wieder auf die Beine. Ich glaube, unser Lehrer half ihr. Alle drei standen vor mir und redeten. Jesper fing an, die Brillenfassungen aufzuheben. Mama bedeutete mir, zu ihr zu kommen, und ich ging auf sie zu. Dabei knackte es unter meinen Füßen; ich war auf eine der Fassungen getreten. Der Lehrer rief etwas und ich blieb stehen. Dann sagte Mama, ich solle stehen bleiben. Ich hockte mich hin, um die Teile des Gestells aufzuheben, das ich kaputtgemacht hatte, aber Mama meinte, das solle ich lassen. Auch Jesper mischte sich jetzt ein und sagte etwas in der Richtung, dass es schon in Ordnung sei. Der Lehrer warf ein, dass er gekommen sei, um mit mir zu reden und Mama schickte uns in den Pausenraum. Währenddessen sammelte Jesper die restlichen Fassungen ein und stand auf. Alle drei schauten mich an. Im Spiegel oben auf dem Stativ sah ich mein eigenes Spiegelbild. Den weißen Kittel. Und etwas Rotes. Ich schaute an mir herunter und sah, dass der Kittel voller Blut war. Ich blutete aus der Nase. Mama gab mir ein Taschentuch. Der Lehrer sagte etwas, als ein paar Kunden hereinkamen. Sie starrten mich an, dann verließen sie den Laden wieder.

»Alles in Ordnung«, sagte ich.

Wir saßen mit meiner Mutter im Pausenraum. Sie hatte meinen Kittel in eine Plastiktüte gesteckt und ich hatte in beiden Nasenlöchern Klopapier. Der Lehrer und Mama redeten miteinander. Fast, als wäre ich gar nicht da. Meine Mutter sagte, dass ich im Praktikum bisher gut gearbeitet hatte. Dass ich im Lager gewesen sei. Der Lehrer fragte, ob es Probleme gegeben habe. Vorher. Ob mir etwas heruntergefallen sei oder ob ich etwas kaputtgemacht hätte. Das hatte ich nicht. Der Lehrer schrieb in sein Notizbuch. Er schrieb über mich. Er sagte, er frage sich, ob ich vielleicht schlecht sehe. Dann erzählte er, sie hätten über mich gesprochen. In der Schule. Es fiel auf, dass ich nicht antwortete, wenn ich gefragt wurde. Und dass ich nicht das tat, was ich tun sollte. Meine Mutter versicherte, wir würden darüber reden.

Nachdem der Lehrer gegangen war, sagte Mama, ich könne schon mit dem Bus nach Hause fahren, wenn ich wolle. Jesper fand, dass das eine gute Idee sei. Mama gab mir Geld für den Bus. Ich wartete an der Bushaltestelle vor dem Haus und guckte, wer den Bus fuhr. Dann ging ich zu Fuß nach Hause.

Auf dem Weg kam ich an dem Tätowiergeschäft vorbei. Dort hingen große Plakate im Fenster. Ich ging näher, um zu sehen, was dort stand. Sie wollten schließen. In ein paar Tagen. Wer noch eine Tätowierung haben wollte, konnte sie jetzt zum halben Preis bekommen. Ich sah niemanden drinnen im Laden. Auch die Frau, die dort arbeitete, war nicht zu sehen. Sie war sicher mit irgendetwas beschäftigt.

Als Papa nach Hause kam, war ich oben in meinem Zimmer. Er wusste nicht, dass ich zu Hause war. Sicher glaubte er, dass ich noch zusammen mit Mama bei der Arbeit war. Ich stand am Fenster und versuchte, Fotos von unserem Baum zu machen. Eigentlich wollte ich Vögel im Baum fotografieren, aber die waren von einer Katze verjagt worden. Ich fragte mich, wo die wohl herkam und ob ich sie verscheuchen sollte. Katzen töten Vögel. Ich machte ein ganz gutes Foto von einem Mistelzweig. Das ist eine Schmarotzerpflanze, die in Bäumen lebt. Früher glaubte man, sie wäre heilig, was wohl daran lag, dass sie einen, der Balder hieß, getötet hat. Er war ein Gott der Wikinger. Mistelzweige sind sehr selten und niemand darf sie abschneiden.

Papa war unten in der Küche beschäftigt. Sicher kochte er das Abendessen. Das Radio lief. Papa schaltet es immer ein, wenn er kocht, weil er dabei gern Nachrichten und so hört. Manchmal singt er auch mit. Wenn Musik läuft, die ihm gefällt. Solche aus früheren Zeiten.

Ich musste eigentlich aufs Klo, ging aber nicht. Papa würde das bestimmt hören. Zumindest, wenn ich spülte. Sollte ich vielleicht einfach nicht spülen? Dann würde er mich vielleicht nicht hören. Aber es ist eklig, nicht zu spülen. Also versuchte ich, an etwas anderes zu denken, damit ich nicht mehr pinkeln musste. Dachte an etwas anderes und schaffte es. Die Katze saß immer noch im Baum. Aber das machte anscheinend nichts. Sie saß nur da. Ich nahm ein Blatt Papier und versuchte, sie zu zeichnen. Doch das gelang mir nicht besonders gut. Immerhin konnte man sehen, dass es eine Katze war.

Mama kam nach Hause. Sie stellte den Wagen auf der Straße ab. Das bedeutete, dass sie noch mal losfahren wollte. Sie ging ins Haus, ohne zu sehen, dass ich am Fenster stand. Ich klopfte auch nicht an die Scheibe. Meine Eltern redeten unten in der Küche miteinander. Jetzt erfuhr Papa, dass ich schon zu Hause war. Ich ging aufs Klo. Mama stand auf dem Flur, als ich herauskam.

»Da bist du«, sagte sie. »Das Essen ist fertig.« Es gab Fisch.

Papa fragte nicht, wie es bei der Arbeit gewesen war. Mama erzählte auch nichts von ihrem Job. Stattdessen berichtete Papa von seiner Arbeit. Von einem, der in Urlaub gehen wollte. Mama meinte, wir müssten auch bald anfangen, uns etwas für den Sommer zu überlegen. Ob wir irgendwohin fliegen wollten. Dann müssten wir jetzt die Tickets kaufen, weil sie so früh noch billiger sind. Papa guckte mich an und meinte, ich würde bestimmt nicht mehr mit ihnen in Urlaub fahren wollen. Aber ich erwiderte, dass ich das natürlich wollte. Mama lobte das Essen.

Nachdem wir fertig gegessen hatten, deckte ich den Tisch ab und stellte alles in die Geschirrspülmaschine. Das Telefon auf dem Flur klingelte. Mama ging ran. Dann rief sie mich.

»Balder, das ist für dich.«

Papa schaute mich an. Ich stellte die Wassergläser in die Maschine.

»Du musst hingehen«, sagte Papa.

Mama hielt mir den Telefonhörer hin.

»Das ist Krister«, sagte sie, »Krister aus deiner Klasse.«

»Hallo«, sagte ich.

»Hei, Ballaballa«, sagte Krister.

»Hei.«

»Sag mal, stimmt das, dass du heute ausgerastet bist? Als der Lehrer dich in dem Laden von deiner Mutter besucht hat? Dass du ihn fast zu Boden geschlagen hast?«

Ich antwortete nicht. Jemand lachte im Hintergrund, das konnte ich hören.

»Und stimmt es, dass du eine Scheißangst gekriegt hast und wieder aus der Nase geblutet hast?«

Ich sagte nichts.

»Bist du noch da, Ballaballa?«

»Ja.«

Krister lachte.

»Was ist denn passiert? Warum bist du ausgerastet? Warst du sauer? Oder hattest du einfach Angst? Nun sag schon.«

Mama war in die Küche gegangen, aber bestimmt stand sie hinter der Tür und lauschte.

»Nun komm schon, erzähl mal.«

»Nein«, sagte ich und legte den Hörer auf. Dann holte ich tief Luft.

»Tschüs«, sagte ich.

Meine Mutter steckte den Kopf durch die Tür.

»Das ist aber nett, dass deine Freunde dich anrufen. War es etwas Besonderes, was er wollte? Dich einladen oder so?«

»Nein«, sagte ich.

»Zu einem Klassenfest? Na, jedenfalls schön, dass er angerufen hat.«

»Ja, schön.«

Papa hatte Kaffee gekocht. Er und Mama setzten sich mit ihren Tassen ins Wohnzimmer. Ich aß einen Apfel.

»Du, Balder«, sagte meine Mutter. »Jesper meinte, morgen wird wahrscheinlich ziemlich viel los sein, weil doch der Sonderverkauf anfängt. Vielleicht ist es da am besten, wenn du nicht kommst. Weil er und ich soviel zu tun haben werden. Und wir sind ja nur zu zweit, weil Margit noch Urlaub hat. Aber er würde gern bei dir einen Sehtest machen. Er meinte, wir könnten gern heute noch kommen. Er ist noch im Laden.«

»Einen Sehtest?«

»Ja, wir haben überlegt, ob vielleicht deine Augen nicht ganz in Ordnung sind. Weil du ab und zu so ungeschickt bist. Ein bisschen Pech hast, weiß du. Es kann doch nichts schaden, das mal zu überprüfen, oder was meinst du? Das ist doch in Ordnung, oder?«

»Ja, das ist schon in Ordnung.«

Ich ging in den Schuppen und schaute nach dem Vogel. Der hatte einiges gefressen und ziemlich viel geschissen. Aber er konnte immer noch nicht fliegen. Ich fing ihn mit der Hand ein. Er wog so gut wie nichts, war fast nur Luft. Nur sein Kopf guckte aus meiner Hand raus. Er schaute mich mit schwarzen Augen an, hatte Angst. Angst, ich könnte ihm etwas tun.

»Ich bin nicht gefährlich«, sagte ich.

Vielleicht verstand er ja, was ich sagte. Dann drehte ich ihm den Hals um.

»Jetzt ist gar nichts mehr gefährlich«, flüsterte ich ihm zu.

Ich begrub ihn unter der Hecke.

Papa fuhr uns zum Brillenladen. Mama sagte, wir könnten uns eine Brillenfassung aussuchen, die zu mir passte. Mein Vater und Jesper setzten sich eine Weile ins Büro und unterhielten sich. Mama suchte eine Fassung aus, die sie gut fand. Aus dem Stativ mit den Angebotsbrillen. Als Papa und Jesper wieder in den Ladenraum kamen, meinten beide, die Brille wäre schick. Dann ging ich mit Jesper in den Untersuchungsraum. Ich musste durch den Apparat gucken, mit dem er die Sehschärfe der Leute überprüfte. Dann probierte er jede Menge verschiedener Brillengläser aus. Zum Schluss sagte er, jetzt sei alles klar. Meine Eltern saßen im Pausenraum, als wir herauskamen.

»Es sieht gut aus«, erklärte Jesper ihnen, »eine leichte Verkrümmung, aber nichts, was erklären könnte, was passiert ist. Trotzdem werden wir es mal mit einer Brille versuchen. Ich werde sie in ein paar Tagen anfertigen lassen.«

Mama setzte mir die Brillenfassung auf. Nur die Fassung, ohne Gläser. Ich guckte mich im Spiegel an. Sie sah aus wie eine Mädchenbrille, fand ich. Schwarz und ein bisschen altmodisch. Sie war ziemlich hässlich.

»Die steht dir«, sagte Mama. »Die ist schön. Findest du das nicht auch?«

»Doch, die ist schön.«

Ich hasste diese Brille.

»Fahrplanauskunft, Sie sprechen mit Geir«, sagte er.

»Ich bin's«, sagte ich, »ich kriege eine Brille.«

»Cool. Siehst du denn schlecht?«

»Nein, aber ich bin gestolpert.« Ich erzählte Geir von den Brillen und dem Stativ.

»Und deshalb sollst du eine Brille kriegen. Ist das nicht etwas merkwürdig?«

»Man braucht eine Brille, wenn man stolpert. Das sagen alle.«

»Na gut, ja.«

»Und ich gehe nicht mehr zum Praktikum«, sagte ich. »Weil ich Nasenbluten hatte.«

»Hast du Nasenbluten gekriegt, nachdem das mit dem Stativ passiert ist?«

»Ja, deshalb.«

»Hast du häufiger Nasenbluten?«

»Manchmal. Wenn die anderen behaupten, ich hätte Angst.«

»Und dann blutest du? Wenn du Angst hast?«

»Nein, wenn jemand sagt, ich habe Angst.«

»Aber du hast keine Angst?«

»Nein, ich habe keine Angst. Nur ein bisschen. Nur manchmal. Aber nicht immer. Ich habe nicht die ganze Zeit Angst.«

»Aber wenn du Angst hast, dann kriegst du Nasenbluten?«
»Ja.«
»Das ist nicht gut, Balder.«
»Nein, das ist nicht gut. Wann fährt der Bus morgen?«
»Spielt das denn eine Rolle? Du hast doch morgen frei.«
»Ach ja. Nein, es spielt keine Rolle.«

Mama stand zuerst auf. Kurz darauf konnte ich Papa hören. Er war im Badezimmer und rasierte sich. Immer das gleiche Geräusch seines Rasierapparats. Ich schaute auf die Uhr. Aber es kam kein Ruf, dass ich aufstehen müsse. Sie dachten wohl, ich könne ausschlafen, als ob ich Ferien hätte. Trotzdem stand ich auf.

»Du kannst noch schlafen«, sagte Mama.

»Du Glückspilz, hast den ganzen Tag frei«, sagte Papa. »Was willst du denn machen?«

»Ich bleibe zu Hause.«

»Du kannst doch jemanden anrufen, einen deiner Freunde«, sagte Mama. »Vielleicht will dich einer besuchen.«

Papa flüsterte ihr etwas zu.

»Ich meine, wenn sie mit der Schule fertig sind. Oder mit ihrer Arbeit. Die im Praktikum sind.«

Sie verschwanden beide durch die Tür. Ich ging ins Wohnzimmer und schaltete den Fernseher ein. Stellte ihn aber bald wieder aus. Da gab es nur Nachrichtensendungen oder Filme für Kleinkinder. Ich schaltete den Computer ein und guckte mir einige Seiten an. Dann schrieb ich das Wort »Angst« ins Suchfeld. Fast als Erstes fand ich »Angst vor Hungertod«, dann waren da noch andere Organisationen, in deren Name »Angst« vorkam. Aber dann entdeckte ich etwas: »Angst um unsere Bäume« stand da. Ich klickte den Link an, www.angstumunserebaeume.no. Ich musste mehrere Male hinsehen, weil ich es nicht glauben konnte. Es war eine Homepage von den Leuten, die die Bäume retten wollten. Die großen Bäume an der Straße nach Vik. Und das Foto, das sie ganz oben auf ihrer Seite hatten, das war mein Foto! Das Foto, das ich von dem Blitz und dem Baum gemacht hatte. Hatten die doch einfach mein Bild benutzt. Das Foto, das ich gemacht hatte. Super. Doch dann fiel mir ein, dass sie mich ja wohl erst um Erlaubnis hätten fragen müssen. Bestimmt hatten sie das Foto in der Zeitschrift gesehen und es eingescannt. Schließlich stand ein Name unter dem Foto in der Zeitschrift, mein Name, also hätten sie fragen können. Und außerdem hätten sie meinen Namen auch unter das Bild auf ihrer Homepage schreiben können. Um zu zeigen, dass ich es war, der es gemacht hatte. Aber dass sie mein Bild genommen hatten! Das wollte ich meinen Eltern zeigen. Mein Foto. Ich freute mich, das entdeckt zu haben. Jetzt wusste ich, dass mein Foto die Bäume retten sollte. Und dabei hatte ich nur das Wort »Angst« eingegeben, weil Krister gesagt hatte, ich hätte Angst gehabt. Ich hatte keine Angst. Mein Foto sollte die Bäume retten. Ich hatte keine Angst. Die Bäume retten. Ich hatte keine Angst. Und da wusste ich, was ich tun musste.

Ich stand vor der Tür, als sie kam, um aufzuschließen. Die Plakate hingen immer noch dort. Halber Preis.

»Willst du zu mir?«, fragte sie.

Ich nickte.

»Und was willst du?«

»Ich will tätowiert werden«, sagte ich.

Sie lachte.

»Wie alt bist du denn? Zehn?«

»Dreizehn.«

»Echt? Dann bist du bestimmt der Kleinste in der Klasse.«

»Ich bin dreizehn.«

»Aber damit bist du immer noch zu jung. Warte, bis du achtzehn bist. Ich darf keine Kinder tätowieren.«

»Ich kann gut bezahlen«, sagte ich.

»Es geht nicht ums Geld«, sagte sie, »sondern um dein Alter. Außerdem habe ich Schluss gemacht. Gestern war mein letzter Tag. Jetzt packe ich alles zusammen und ziehe nach Thailand. Da will ich neu anfangen. Du kannst mich ja dort besuchen, in fünf Jahren. Wenn du alt genug bist.«

»Nur ein kleines«, sagte ich. »Auf der Schulter.«

»Und was willst du haben? Einen Totenkopf oder den Namen deiner Großmutter?« Wieder lachte sie.

»Das hier«, sagte ich und holte den Ausdruck meines Fotos heraus. Das mit dem Blitz.

»Ein Blitzeinschlag, das ist originell.«

»Ich habe das Foto gemacht.«

»Schön. Aber nein. Ich kann nicht.«

Ich holte mein Geld heraus. Außer den fünftausend Kronen, die ich für das Foto bekommen hatte, hatte ich noch tausend Kronen.

»Du kriegst sechstausend dafür.«

»Bist du verrückt?«, fragte sie. Dann sagte sie eine Weile nichts. »Warte mal, verlockend ist es ja schon. Aber ich kann nicht. Das gibt einen Riesenkrach mit deinen Eltern, wenn sie es entdecken. Die können mich anzeigen. Aber weiß Gott, das Geld könnte ich schon gut gebrauchen.«

»Ich werde nicht sagen, dass du das warst. Und meine Eltern

werden es die nächste Zeit nicht entdecken. Und dann bist du doch in Thailand. Ich werde nicht petzen, Ehrenwort.«

Sie zündete sich eine Zigarette an. Ich konnte sehen, dass sie bis auf die Finger tätowiert war. Nach drei Zügen an der Zigarette nickte sie.

»Okay, aber wenn du irgendjemandem verrätst, dass ich das war, dann wird es dir schlecht gehen. Und ich werde alles leugnen.«

Sie legte einen Bogen auf mein Foto und zeichnete es ab. Dann scannte sie die Zeichnung in ihren Computer und verkleinerte sie. Anschließend wurde sie ausgedruckt. Sie tauchte den Ausdruck in Wasser und legte ihn mir auf die Schulter. Als sie den Bogen abnahm, war die Zeichnung auf der Haut. Dann holte sie eine Tätowiernadel heraus. Sie sah fast aus wie der Bohrer des Zahnarztes.

»Sag Bescheid, wenn es wehtut«, sagte sie.

Ich biss die Zähne zusammen, sagte aber nicht, dass es wehtat. Es dauerte gar nicht so lange.

»So«, sagte sie, »jetzt bist du tätowiert. Genau wie die harten Jungs.« Sie cremte die Tätowierung mit einer Salbe ein. Dann wickelte sie Plastikfolie um meinen Arm. Ungefähr wie die Folie, mit der man Essensreste einwickelt, die in den Kühlschrank gepackt werden.

»Hier ist die Salbe«, sagte sie und gab mir eine kleine Dose. »Reib dich die erste Woche jeden Morgen und jeden Abend damit ein.«

Ich gab ihr das Geld und zog mich an.

»Aber zu keinem ein Wort«, sagte sie.

»Nein«, sagte ich.

Als Mama nach Hause kam, saß ich im Wohnzimmer. Normalerweise geht sie direkt in die Küche, aber dieses Mal rief sie nach mir.

»Wo bist du?«

»Im Wohnzimmer.«

»Guck mal«, sagte sie und gab mir ein Brillenetui. »Jesper hat deine Brille schon fertig gemacht. Du musst sie mal ausprobieren.«

Ich trug einen dicken Pullover, denn ich hatte Angst, Mama und Papa könnten hören, wenn das Plastik, das ich um den Oberarm hatte, aneinander rieb. Aber sie hörten nichts.

»Setz sie mal auf«, sagte Mama. »Die steht dir bestimmt.«

Ich setzte die Brille auf. Mama lächelte zufrieden.

»Jetzt wird es bestimmt besser«, sagte sie.

»Aber ich sehe doch gar nicht schlecht.«

»Nein, nicht schlecht. Aber Jesper meint, dass es trotzdem helfen kann. Er hat sogar eine Augenärztin angerufen, mit der wir oft zusammenarbeiten. Und sie war der gleichen Meinung. Dass möglicherweise eine Korrektur dieser winzigen Krümmung deiner Hornhaut helfen könnte. Dass du nicht mehr so tollpatschig bist, weißt du. Und deine Augen sich nicht so anstrengen müssen. Damit du nicht gegen Türen läufst oder Sachen fallen lässt. Ich habe deinen Lehrer angerufen und ihm das mit der Brille erzählt. Er findet es auch gut, wenn du Hilfe bekommst.«

»Ich brauche die nicht«, sagte ich.

»Oh doch.«

Mama schob mich auf den Flur, zum Spiegel. Ich sah merkwürdig aus. Mein Gesicht war mir ganz fremd. Es war nicht mehr das, was ich mein Leben lang im Spiegel gesehen hatte. Jetzt war es irgendwie anders. Ich ging hoch ins Bad.

»Aber du musst sie aufbehalten«, rief Mama mir nach. »Du

musst dich an die Brille gewöhnen. Deine Augen brauchen dafür ein bisschen Zeit.«

Ich schloss mich im Bad ein. Zuerst einmal nahm ich die Brille ab und legte sie auf die Ablage. Dann zog ich den Pullover aus. Dann das T-Shirt, das ich darunter trug. Der Oberarm brannte ein wenig. Vorsichtig entfernte ich die Plastikfolie. Die schwarzen Striche sahen fast aus wie eine Zeichnung auf nassem Papier. Ich wusch die Creme mit einem Waschlappen ab. Jetzt waren die Striche klar und deutlich. Anschließend strich ich eine dünne Schicht der neuen Salbe darauf. Rieb sie richtig in die Haut ein. Dann setzte ich meine Brille wieder auf und musterte mich selbst im Spiegel. Niemand sollte behaupten, ich hätte Angst. Ich hatte ein Tattoo. Ein richtig schwarzes Tattoo. In ein bis zwei Jahren würde es blaugrün werden, hatte die Tätowierfrau gesagt. Jetzt war es nur schwarz.

Papa kam die Treppe hoch. Ich zog mich schnell wieder an. Die Brille fiel hinunter, als ich mir den Pullover über den Kopf zog, ich hatte vergessen, dass ich sie auf der Nase hatte. Ich drückte die Spülung und schloss die Tür auf.

»Da haben wir ja den jungen Mann mit der neuen Brille«, sagte er.

»Ja.«

»Und, wie fühlt es sich an?«

»Gut.«

»Das ist gut.«

Am Nachmittag fuhr ich mit dem Rad dorthin, wo sie die Straßenkreuzung umbauten. Sie hatten an beiden Seiten der Straße schon Gräben ausgehoben, aber die Bäume standen noch da. Auf einer

Wiese gleich daneben hatte jemand zwei große Zelte errichtet. Zwischen zwei der größten Bäume hatten sie ein großes Plakat gehängt. Es war aus Stoff, ungefähr wie die, die sie über die Straße hängen, wenn in der Stadt irgendwelche großen Veranstaltungen sind.

»**RETTET UNSERE BÄUME**«, stand mit Riesenbuchstaben darauf. Unten auf der Erde gab es weitere, kleinere Plakate. Auf allen stand, dass man die Bäume retten sollte. Zwischen den Zelten saßen ein paar Leute. Ich stieg von meinem Fahrrad und holte meinen Fotoapparat heraus. Eine der Demonstrantinnen kam auf mich zu. Ich wollte mich schon aufs Fahrrad setzen und wegradeln, aber sie rief mir zu: »Willst du Fotos von uns machen?«

Ich gab keine Antwort. Die Frau kam ganz nahe heran. »Willst du Fotos machen?«

Ich nickte. »Vielleicht.«

»Unterstützt du den Kampf, die Bäume zu erhalten?«

Ich nickte wieder. »Vielleicht.«

»Das ist gut. Wir brauchen jede Unterstützung. Denn es ist wichtig, solche alten, schönen Bäume zu retten. Das findest du doch auch, nicht wahr?«

Ich nickte.

»Willst du die anderen in unserem Lager kennenlernen?«

Sie nickte zu den Zelten hin.

Ich schüttelte den Kopf.

»Na, du bist wohl so einer, der nicht viel redet«, sagte sie.

»Nein«, antwortete ich. Dann überlegte ich. »Ja, das bin ich wohl.«

Die Frau lachte. »Hier, guck mal«, sagte sie und holte etwas aus der Tasche heraus. »Hier ist ein Button, den kannst du dir an den Pullover stecken. Dann zeigst du der ganzen Welt, was du von solcher Umweltzerstörung hältst.«

Sie guckte zu, während ich den Button befestigte.

»Wir wollen hier bleiben, bis sie sich entschließen, die Straße umzulegen«, sagte sie. »Und wenn sie die Bäume absägen wollen, dann werden wir uns an ihnen festketten. Du kommst doch sicher und machst dann mit, oder?«

Ich nickte. »Vielleicht.«

Wieder lachte sie. »Prima. Dann bis bald. Tschüs!«

»Tschüs.«

Ich machte ein paar Fotos von den Bäumen und dem Lagerplatz mit den Demonstranten. Dann fuhr ich auf dem Rad wieder davon. Es war erst sechs Uhr. Ich hatte keine Lust, nach Hause zu fahren. Deshalb machte ich einen Umweg durch den Wald. An einigen Stellen waren die Bäume riesig. Fast so groß wie die Bäume, die von den Demonstranten vor dem Abholzen geschützt werden sollten. Ich hielt an und sah sie mir näher an. Vielleicht waren diese Bäume ja auch mehrere hundert Jahre alt? Vielleicht tausend? Vielleicht sollte ich Bäume schützen. Vielleicht sollte ich so einer werden, der dafür arbeitet, dass niemand Bäume fällt. Solche alten, großen. Ich legte das Rad hin und ging zu dem größten der Bäume. Als ich davorstand und zum Himmel da oben zwischen den Zweigen schaute, da war er wirklich riesig. Vielleicht hundert Meter hoch. Oder fünfzig. Oder dreißig. Jedenfalls waren es viele Meter hoch schon bis zum untersten Ast. Ich hätte eine Leiter gebraucht, um hinaufzukommen. Oder ein Seil. Aber ich dachte, wenn ich erst einmal auf dem ersten Ast war, dann wäre es nicht so schwierig, bis an die Spitze zu klettern. Ich ging zu einem viel niedrigeren Baum und kletterte hoch. Das war überhaupt nicht schwer. Ich packte einen Ast und zog mich hoch. Dann kletterte ich weiter, fast bis zur Spitze. Der Baum schwankte ein wenig unter meinem Gewicht. Ich hielt mich gut fest und setzte mich auf einen Ast. Bis zur Erde war es ziemlich weit. Aber ich hatte keine Angst. Der Wind fuhr durch die Blätter. Ein paar waren schon abgefallen. Sie waren gelb. Ich schob die Hand durch den Halsausschnitt unter meinen Pullover und befühlte meinen Oberarm. Er brannte ein wenig. Ich konnte die Tätowierung nicht fühlen, aber ich wusste, dass sie da war. Das Tattoo von dem Baum. Ich hatte keine Angst.

Ein paar Leute spazierten unten durch den Wald und an mir vorbei, sie wussten nicht, dass ich hier oben war. Oben im Baum. Sie schauten nicht nach oben. Gingen nur einfach weiter. Ein Mann und eine Frau und ein kleiner Hund. Ich wollte nicht, dass sie mich sahen. Der Mann nicht, die Frau nicht und auch nicht der Hund. Sie sahen mich nicht. Gingen einfach weiter. Sie redeten nicht miteinander, auch nicht mit dem Hund, sondern gingen einfach nur. Ich überlegte, dass ich eigentlich häufiger oben im Baum sitzen könnte. In Bäumen, in denen mich niemand sieht. Und unten würden sie einfach vorbeigehen. Ohne etwas zu sagen. Ohne mit mir zu reden. Ich blieb lange dort sitzen. Ein paar Mal versuchte ich, Fotos von Vögeln zu machen. Von Vögeln, die sich auf die Zweige des Baums setzten. Aber die flogen auf, sobald ich mich bewegte. Dann kletterte ich wieder vom Baum hinunter. Ich hatte keine Angst.

Meine Mutter fragte, wo ich gewesen sei. Ich sagte, ich hätte Fotos gemacht. Mein Vater fragte, was ich denn fotografiert hätte. Ich sagte, ich hätte Fotos von Vögeln gemacht. Und Bäumen. Vor allem von Bäumen.

»Da draußen auf der Straße demonstrieren sie«, sagte Papa. »Dagegen, dass die Bäume gefällt werden. Du weißt, da hinten, wo du das Foto gemacht hast und vom Blitz getroffen worden bist. Warst du dort?«

Ich nickte.

»Es ist nur gut«, sagte Papa, »dass sie die Kreuzung entschärfen. Die ist gefährlich.«

»Aber wir fahren doch nie dort längs«, sagte ich.

»Nein, aber gefährlich ist es dort trotzdem. Für die, die dort entlangfahren müssen.«

»Der Bus fährt dort.«

»Na, siehst du.«

»Hast du deine Brille getragen?«, fragte Mama.

Ich nickte.

»Wie geht es eigentlich dem Vogel?«, fragte Mama. »Dem da draußen im Schuppen?«

»Der ist weggeflogen«, sagte ich.

»Hast du den nicht unter der Hecke begraben?«, fragte Papa.

»Doch, ja«, sagte ich.

»Das ist sicher ebenso gut für ihn«, sagte Mama.

»Ja, sicher.«

Papa hatte sich einen neuen Rasierapparat gekauft. Das gab andere Geräusche im Badezimmer. Ein bisschen anders. Ich schaute auf die Uhr. Noch zwei Minuten. Dann kam der Ruf.

»Balder!«

Ich strich mir über die Schulter, den Oberarm.

»Balder, aufstehen.«

Ich behielt das T-Shirt an, in dem ich geschlafen hatte, und ging ins Bad.

»Das wird bestimmt lustig, wieder in die Schule zu kommen«, sagte Mama. »Der erste Tag nach der Woche Praktikum. Ihr habt euch sicher eine Million Sachen zu erzählen. Deine Klassenkameraden und du. Wo haben eigentlich die anderen gearbeitet?«

»Weiß ich nicht mehr.«

»Das wird bestimmt interessant.«

»Ja.«

Bei der Fahrplanauskunft sagten sie, dass es keine Verspätungen gab. Draußen regnete es. Heftig. Ich hatte Gummistiefel und meine Regenjacke angezogen. Es wehte auch. Richtiger Herbst. Ich musste die Brotkrümel ganz vorsichtig ins Vogelhäuschen legen, damit sie nicht weggeweht wurden. Bald würde ich mit der Winterfütterung anfangen müssen: Talg und Fett. Dann ging ich zur Bushaltestelle. Ich überlegte, wem ich mein Tattoo als Erstes zeigen sollte. Vielleicht Nancy. Vielleicht auch nicht. Es war nicht sicher, ob sie es gut fand, dass ich mich hatte tätowieren lassen. Vielleicht fand sie das nur dumm. Dann lieber Edwin. Der fand so etwas bestimmt stark. Vielleicht war er ja früher sogar zur See gefahren. Als er jung war. Vielleicht hatte er selbst ein Tattoo. Ich konnte ihn fragen. Wenn er heute den Bus fuhr.

Ich stellte mich direkt an das Haltestellenschild. Früher gab es hier einen Unterstand, so dass man nicht nass wurde. Aber dann wurden alle Scheiben eingeschlagen und danach wurde der Unterstand abgebaut. Jetzt ist nur noch ein Schild hier und unter dem blauen Schild hängt eine kleine Tafel mit den Fahrplänen. Jemand hatte mit schwarzem Edding darauf gemalt. Man konnte nicht mehr sehen, wann die Busse fuhren. Aber ich wusste, wann meiner fuhr. Der kam immer zur gleichen Zeit.

Im Bus saß ein neuer Busfahrer. Einer, den ich noch nie gesehen hatte. Der Bus wurde nicht langsamer, als er sich der Haltestelle näherte. Ich musste die Hand ausstrecken. Der Bus hielt ein Stück weiter. Ich lief hin und stieg ein. Der Busfahrer sah mich an.

»Ja?«, fragte er.

Ich sagte nichts.

»Ja, wohin willst du?«

»Zur Schule.«

»Zu welcher Schule?«

Ich sagte den Namen der Schule.

»Das ist die falsche Richtung, ich fahre nach Vik«, sagte der Fahrer.

»Ich fahre erst mit dorthin«, sagte ich.

»Von mir aus«, erwiderte er und tippte auf seinen Fahrkartenautomaten. »Das sind neunundzwanzig Kronen bis Vik.«

Ich hatte kein Geld bei mir.

»Dann kannst du nicht mit dem Bus fahren«, sagte er und öffnete die Tür wieder.

Ich trat hinaus in den Regen. Als der Bus nach Vik losfuhr, spritzte hinten Wasser hoch, sodass die Rücklichter nur undeutlich durch das Wasser zu erkennen waren. Ich ging zurück zur Haltestelle. Dann überquerte ich die Straße und stellte mich auf die andere Seite. Direkt ans Haltestellenschild. Auch unter ihm hing eine Tafel, aber jemand hatte das Blatt mit den Fahrplänen herausgerissen. Jetzt waren dort nur ein paar Aufkleber. Aufkleber mit Werbung für eine Diskothek. Ich versuchte, einen loszupulen. Der saß ziemlich fest.

Dabei überlegte ich, wo der Bus jetzt wohl war. Wann er in Vik ankam, wann er seine Fahrt zurück antrat und wo er anhielt. Nach einer Weile kamen noch andere, die sich an die Haltestelle stellten. Die gleichen wie immer. Als der Bus anhielt, war er ziemlich voll. Einer vor mir ging ganz nach hinten durch. Der Fahrer fragte mich, wohin ich wolle.

»Zur Schule.«

»Hast du eine Fahrkarte?«

Ich antwortete nicht.

»Hast du eine Fahrkarte? Oder eine Monatskarte, die zeigt, dass du das Recht hast, den Schulbus umsonst zu benutzen?«

»Ja.«

»Darf ich mal sehen?«

Ich schaute ihn an. Ich wusste nicht, wo die Karte war. Wir bekamen sie jedes Jahr in der Schule, am ersten Tag nach den Ferien.

Aber ich hatte sie noch nie gebraucht. Niemand fragte danach, nie. Ich wusste nicht, wo sie war.

»Hast du sie nun oder nicht?«

»Nein. Die liegt zu Hause.«

»Dann musst du bezahlen.«

Ich sagte nichts.

»Du musst bezahlen«, wiederholte der Fahrer. »Wenn du kein Geld hast, kannst du nicht mitfahren.«

»Er nimmt jeden Tag den Bus«, sagte eine Dame, die ganz vorn im Bus saß. Es war die, mit der Nancy sich oft unterhielt.

»Ich habe meine Anweisungen, an die ich mich halten muss«, sagte der Fahrer. »Er hat schon mal versucht, sich in den Bus einzuschleichen. Und am Ende bin ich derjenige, der das ausbaden muss.«

»Ach, lassen Sie ihn doch in Ruhe«, sagte die Frau.

»Er muss eine Monatskarte haben. Oder bezahlen.«

»Ich werde für dich auslegen«, sagte sie. »Dann kannst du es mir ein andermal zurückgeben.«

»Geh weiter in den Bus durch«, sagte der Fahrer. »Hinten ist genug Platz.«

Ich wurde nach hinten geschoben. Einige hatten ihre Schultaschen auf die Sitze gelegt, um sie für ihre Freunde zu reservieren. Die hinter mir eingestiegen waren. Als der Busfahrer losfuhr, stand ich immer noch im Gang. Direkt neben mir saß eine Frau. Eine erwachsene Frau. Sie saß auf dem Sitz am Gang. Auf den Sitz neben sich hatte sie einen Koffer gestellt. Sie schaute mich an, ich guckte weg. Ich behielt meine Kapuze auf, zog den Kragen weit hoch übers Gesicht und versteckte die Nase dahinter. Unter meiner Nase lief es, ich konnte es mit der Zunge spüren. Blut. Ich blieb im Gang stehen, bis wir angekommen waren. Mehrere fingen schon an zu drängeln, bevor der Bus überhaupt angehalten hatte. Die Frau, die für mich bezahlt hatte, drehte sich zu mir um, als ich vorbeiging. Ich guckte sie lieber nicht an.

Als ich aus dem Bus gestiegen war, regnete es immer noch ziemlich stark. Der Unterstand war voll. Das würde er sicher den ganzen Tag über sein, wenn der Regen nicht aufhörte. Ich ging zur Turnhalle und stellte mich dort an die Ecke. Direkt an der Wand regnete es nicht so viel. Ich versuchte, das Blut aus meiner Nase mit den Fingern wegzuwischen. Sie wurden rot. Ich streckte sie in den Regen, damit er das Blut abspülte, und guckte auf die kleinen Blutflecken, die mit den Regentropfen auf den Asphalt fielen. Dann waren sie weg. Ich beugte den Kopf nach hinten und streckte mein Gesicht in den Regen. Damit es sauber wurde. Die Tropfen liefen über die Brillengläser, sodass ich fast nicht mehr hindurchsehen konnte. Alles wurde undeutlich. Es klingelte zum Unterricht. Ich konnte vor der Eingangstür Schatten sehen, Schatten, die vom Unterstand zur Schule wanderten. Mit der Hand wischte ich über die Gläser, das half ein wenig, aber nicht besonders viel. Der Lehrer stand auf dem Flur und achtete darauf, dass alle ihre nasse Kleidung auszogen, bevor sie ins Klassenzimmer gingen.

»Coole Brille«, sagte er zu mir.

Als ich in den warmen Klassenraum kam, beschlugen die Brillengläser. Ich ging zu meinem Pult. Plötzlich fing einer an zu lachen. Vielleicht Krister. Dann lachten mehrere. Ich setzte mich und nahm die Brille ab. Legte sie auf mein Pult. In der Schultasche hatte ich einen Putzlappen. Mit dem trocknete ich die Gläser. Dann setzte ich die Brille wieder auf. Plötzlich bemerkte ich, dass die ganze Klasse mich anstarrte.

»Klasse, Ballaballa«, sagte Steffen. »Verdammt klasse, echt, verdammt klasse. Deine Brille, die ist so verdammt, super klasse.«

»Mit der sieht er noch ängstlicher aus als vorher«, sagte Jenny.

Rikke kam herein, sie war die Letzte. Nach ihr kam der Lehrer und machte die Tür zu.

»Schön, euch wiederzusehen«, sagte er. »Hatten alle ein schönes Praktikum?«

Mehrere redeten gleichzeitig. Krister hob die Hand.

»Ich habe eine Frage«, sagte er. »Stimmt es, dass einer aus unserer Klasse ausgerastet ist und einen ganzen Laden zertrümmert hat?«

»Nein«, antwortete der Lehrer, »es sei denn, du hast das getan und redest von dir selbst?«

Jemand lachte.

Dann erzählten sie über die Praktika. Mehrere hoben die Hand, um zu berichten, was sie so erlebt hatten. Der Lehrer hörte zu. Viele lachten über die Geschichten.

Wenn jetzt der neue Busfahrer immer fahren würde. Jeden Tag. Wenn Nancy aufhörte. Oder Edwin. Vielleicht konnte ich stattdessen mit dem Fahrrad zur Schule fahren. Plötzlich fiel es mir wieder ein. Ich wusste, wo meine Busfahrkarte lag. Zu Hause in meinem Zimmer. Sie musste ab jetzt in meiner Schultasche sein. Jeden Tag. Ich konnte ja nie wissen, wer den Bus fuhr. Und wenn ich mit nach Vik fahren wollte, dann brauchte ich Geld. Um bezahlen zu können, wenn der Neue es forderte.

»Balder!«

Der Lehrer stand direkt vor meinem Pult. Alle hatten sich wieder mir zugedreht.

»Hast du das mitbekommen?«

Ich guckte ihn nicht an.

»Hast du es mitbekommen? Dass ihr morgen in die Schwimmhalle geht. Um den Rettungsschwimmer zu machen. Hast du das mitgekriegt?«

Ich nickte.

»Gut.«

Die Schwimmhalle lag in der großen Sportanlage auf der anderen Seite der Oberstufengebäude. Die Klasse musste immer die Pause nutzen, um rüberzugehen. Ich hatte mein Fahrrad dabei und war schneller dort als die anderen. Deshalb war ich schon fertig umgezogen, als der Rest der Klasse in den Umkleideraum kam. Meine Kleidung lag ganz hinten in einer Ecke, dort wurde sie meistens in Ruhe gelassen. Ich setzte mir die Badekappe auf und ging schon in die Halle, während die anderen sich noch umzogen. Unser Sportlehrer stand am Beckenrand und machte eine große Puppe fertig, als ich hereinkam.

»Du kannst nicht mit dem T-Shirt ins Wasser«, sagte er, als er mich sah.

Ich setzte mich ganz oben auf die Tribüne.

Einige meiner Klassenkameraden kamen aus dem Umkleideraum. Steffen sprang direkt ins Becken, sodass der Lehrer nassgespritzt wurde. Er blies in seine Pfeife und forderte Steffen auf, sofort wieder herauszukommen.

»Aber ich ertrinke doch«, grölte Steffen. »Hilfe, ich muss gerettet werden!«

Ich konnte sehen, dass der Lehrer wütend wurde. Einer der Schwimmmeister kam, um zu sehen, was da los war. Da schwamm Steffen an den Rand. Der Sportlehrer erklärte ihm, dass er hinterher mit ihm reden wolle.

Dann kam eine Frau in einer roten Trainingsjacke. Sie erklärte, wie man sich im Wasser verhalten sollte, wenn jemand gerettet werden musste. Nancy hatte mir einmal von einem Bus erzählt, der über den Kairand gerollt war. Das war im gleichen Jahr, in dem sie anfing, Bus zu fahren. Im Bus waren nur der Fahrer und zwei Fahrgäste. Die hatten die Dachluke öffnen und sich so retten können. Aber der Fahrer konnte nicht schwimmen, als der Bus umkippte und sank, deshalb geriet er unter die Wasseroberfläche und ertrank. Ein paar Kinder hatten an Land gestanden und zugeguckt. Einer der Jungen wohnte gleich neben Nancy. Er hatte noch jahrelang Albträume gehabt. Außerdem hatte er panische Angst vor Wasser.

»Nein«, sagte ein Mädchen. Es war Aina. Sie saß ganz unten auf der Tribüne. Der Lehrer zeigte auf mich.

»Nein«, sagte sie wieder. »Ich will kein Paar mit ihm bilden.«

»Nun sei nicht albern«, sagte der Sportlehrer. »Hier geht es darum, Leben zu retten, das sollt ihr üben. Und nicht tanzen.«

»Ich mache das nicht. Dann gehe ich lieber nach Hause.«

Viele in der Klasse lachten. Die meisten standen am Beckenrand. Der Lehrer teilte sie paarweise ein. Immer ein Junge und ein Mädchen.

»Wenn jemand in Gefahr ist, zu ertrinken, dann kannst du dir nicht aussuchen, wen du retten willst«, sagte die Frau in der roten Jacke, »du musst den herausholen, der Hilfe braucht.«

»Aber nicht den da«, sagte Aina und stand auf. Dann ging sie zur Tür zum Umkleideraum. Der Lehrer machte keine Anstalten, sie aufzuhalten.

Er sagte zu Jenny und Nico, dass sie ein Paar sein sollten.

»Du kannst mit mir üben«, sagte die Frau zu mir. »Ist das in Ordnung für dich?«

»Er wird Ihnen nicht antworten«, sagte Rikke. »Das tut er nie.«

»Jetzt machen wir es genau so, wie ich es euch an der Puppe gezeigt habe«, sagte die Frau. »Wie hatte ich den Griff genannt?«

Sie schaute mich an. »Wie habe ich den Griff genannt?«

Die anderen waren schon im Wasser. Steffen schrie und spuckte Wasser.

»Befreiungsgriff«, sagte die Frau, »erinnerst du dich?«

Ich nickte.

»Komm, dann gehen wir auch ins Wasser und probieren ihn aus.«

»Du musst dein T-Shirt ausziehen«, sagte der Lehrer. »Es ist nicht erlaubt, damit zu baden.«

Ich kletterte die Leiter hinunter. Der Lehrer blies in seine Pfeife und zeigte auf mich. Ich kam wieder hoch.

»Schimpfen Sie nicht mit ihm«, sagte Lisa. »Sonst kriegt er Angst und dann fängt das wieder an mit dem Nasenbluten. Und das ist doch eklig im Schwimmbecken.«

Ich zog mein T-Shirt aus und kletterte ins Wasser. Die Frau kam hinterher.

»Guckt euch Ballaballa an«, rief plötzlich einer. »Der hat ja ein Tattoo.«

Ich tauchte unter und schwamm ein Stück zur Beckenmitte hin.

»Hä?«, grölte Krister, »ist er ausgerastet?«

Ich konnte sehen, dass er versuchte, mich zu entdecken, aber es war nicht so einfach für ihn, zu sehen, wer wer war, alle hatten ja Badekappen auf dem Kopf.

Ich musste schwimmen, während ich den Kopf der Frau hielt. Sie sagte, dass ich das gut machte. Danach machte sie das Gleiche mit mir. Dann sagte sie, das wäre genug so. Anschließend übten die anderen den Befreiungsgriff. Ich hielt mich am Beckenrand fest. Die Frau und der Sportlehrer schwammen herum und halfen den anderen. Ich schaute zu der großen Uhr in der Halle hoch. Es war zehn vor halb. Normalerweise gingen wir um halb raus. Wenn ich jetzt ging, schaffte ich es, mich umzuziehen, bevor die anderen in den Umkleideraum kamen. Viele brüllten, schrien und spritzten mit dem Wasser. Es war ziemlich laut, da im Schwimmbecken. Ich schwamm zu einer Leiter und kletterte langsam hinaus. Niemand sah mich. Aber plötzlich pfiff der Lehrer in seine Pfeife und zeigte auf mich. Ich musste stehen bleiben. Der Bademeister stand an der Tür zum Umkleideraum. Ich kam nicht an ihm vorbei. Alle guckten mich an. Rufe wurden laut. Über Tätowierungen. Dann musste ich wieder ins Becken zurück. Plötzlich waren alle um mich herum. Ein paar fassten das Tattoo an, wollten sehen, ob man es wegwaschen konnte, ob das so ein falsches Tattoo wie ein Abziehbild war, wie es kleine Kinder oft haben. Ob ich mir selbst was auf die Schulter gemalt hatte. Dann sagte der Lehrer, wir sollten jetzt herauskommen. Alle warteten auf mich. Der Lehrer kam heran und fragte, ob das ein Tattoo sei, was ich da hatte. Er fragte mehrere Male. Zum Schluss nickte ich. Im Umkleideraum sagte Steffen, ich solle das wegwaschen. Ich dürfe das nicht haben. Das gebe nur Ärger. Krister behauptete, er habe doch die ganze Zeit gewusst, dass ich durchdrehen würde. Aber andere fanden es cool. Als ich mein Fahrrad holen wollte, kamen zwei der Mädchen vorbei. Mia fragte mich, ob es wehgetan habe beim Tätowieren. Ich schüttelte den Kopf.

»Das hätte ich mich nicht getraut«, sagte sie.

»Meine Eltern wären Amok gelaufen, wenn ich das getan hätte«, sagte Aina. »Dass du dich getraut hast!«

»Waren deine Eltern sehr wütend?«, fragte Ida.

Ich schüttelte den Kopf. Denn das waren sie ja nicht. Bis jetzt nicht.

Ich war als Erster wieder an der Schule, stellte das Fahrrad in den Fahrradständer und ging in den Unterstand. Es war niemand dort. Ich drückte mich dicht an den großen Müllcontainer. Trotzdem fanden sie mich. Krister war einer von ihnen. Ein paar der anderen Jungs kannte ich gar nicht, sie gingen nicht in unsere Klasse. Aber ich hatte sie schon früher mal gesehen.

»Zeig mal dein Tattoo, Ballaballa«, sagte Krister.

Ich sagte nichts.

»Er will nicht«, sagte einer der anderen.

»Du hast gesagt, du würdest ihn dazu bringen«, sagte ein Junge zu Krister.

»Nun komm schon, Ballaballa«, drängte Krister. »Sei nicht so bescheuert. Natürlich willst du es uns zeigen. Deshalb hast du es doch wohl gemacht. Damit andere es sehen können.«

Ich schüttelte den Kopf.

»Haben die zu Hause es dir erlaubt?«, fragte einer.

Ich antwortete nicht.

»Natürlich haben sie es erlaubt«, sagte ein anderer. »Es wird doch keiner einen Jungen in unserem Alter tätowieren, ohne dass die Eltern einverstanden sind.«

»Haben sie dir das erlaubt, weil du jetzt eine Brille tragen musst?«, fragte Krister.

Ich nickte.

»Redet der nie?«, fragte ein Junge.

»Fast nie«, antwortete Krister. »Aber als er kleiner war, haben wir es immer geschafft, dass er anfängt zu heulen. Wenn wir ihn nach etwas gefragt haben oder ihn geärgert haben. Jetzt rastet er dann aus.«

»Cool«, sagte einer.

»Er hat die Leute in einem Laden zusammengeschlagen«,

erzählte Krister. »Und in unserer Klasse teure Geräte zertrümmert.«

»Psycho«, sagte einer.

»Nun zeig schon«, sagte Krister, »dein Tattoo.«

Ich sagte nichts.

Dann hielt mich einer der Jungs fest. Er war doppelt so groß wie ich. Und sicher doppelt so schwer. Er drückte mich gegen die Wand. Krister und ein anderer zogen mir die Jacke aus. Dann rissen sie den Ärmel des T-Shirts hoch. Der Saum riss. Einer der Jungs drehte mich um, damit alle das Tattoo sehen konnten.

»Cool«, sagte einer.

»Habe ich doch gesagt«, sagte Krister.

»Scheiße, er blutet«, sagte ein anderer.

»Ist nur Nasenbluten«, wiegelte Krister ab. »Das hat er immer. Stimmt's, Ballaballa?«

Ich sagte nichts.

Dann ließen sie mich los.

Kurz darauf klingelte es zum Unterricht. In der Klasse redeten alle über die Tätowierung. Krister berichtete von Details. Von dem Baum und dem Blitz. Der Lehrer sagte, wir sollten endlich ruhig sein. Hanna hob die Hand.

»Wissen Sie, dass Balder eine Tätowierung hat?«, fragte sie.

Der Lehrer guckte mich an.

»In dem Fall ist das dann wohl Balders persönliche Sache.«

»Ja, aber es ist doch nicht erlaubt, dass Leute in unserem Alter tätowiert werden. Außerdem ist das gefährlich. Man kann davon krank werden.«

»Das hat Balder sicher alles im Griff.«

»Sie müssen das melden«, beharrte Hanna, »dem Schulleiter oder seinen Eltern.«

»Ich denke nicht, dass das notwendig ist. Der Schulleiter interessiert sich nicht für Tätowierungen, und Balders Eltern wissen sicher schon davon.«

Auf dem Heimweg fuhr Edwin den Bus. Ich war der Erste, der einstieg, und fand ganz vorn einen Platz.

»Du, Edwin«, setzte ich an, »hast du Angst?«

»Angst? Wovor? Na, jedenfalls nicht vor dir. Dich schaffe ich ja noch mit einer Hand in Gips.«

Er lachte.

»Nein, nicht solche Angst. Solche andere Art von Angst.«

»Gibt es so viele verschiedene Arten, Angst zu haben?«

»Hast du Angst, wenn du Bus fährst?«

»Nein, jetzt nicht mehr. Aber in den ersten Jahren, als ich angefangen habe zu fahren, da hatte ich oft Angst, ich könnte eines von euch Kindern überfahren. Wenn sie vor den Bus laufen. Da kam es vor, dass ich nachts aufgewacht bin und Angst davor hatte.«

»Wirklich?«

»Außerdem hatte ich Angst, als meine Frau krank wurde. Krebs, weißt du. Schlimme Sache. Aber sie haben sie wieder hingekriegt. Jetzt ist sie wieder vollkommen gesund. Das ist jetzt schon viele Jahre her.«

»Hattest du damals viel Angst?«

»Ja, klar. Ich habe mich gefragt, was nur sein wird, wenn ich sie verliere. Was dann aus mir werden soll. Weißt du, ein unbeholfener Mann mit kleinen Kindern im Haus, das wäre nicht besonders witzig gewesen.«

Er wandte sich wieder mir zu.

»Aber einmal, da habe ich wirklich vor Angst gezittert«, lachte er, »und zwar, als ich auf der Hochzeit meiner Tochter eine Rede halten sollte. Mann, hatte ich da eine Angst. Ich war so nervös, weißt du, ich habe mich schon Monate vorher davor gefürchtet. Das ist nichts für mich. Solche Reden und so. Das mache ich nie wieder. Nicht einmal allein vor dem Spiegel. Und wenn du mir sonst was dafür gibst.«

Wieder lachte Edwin. Lachte darüber, dass er Angst gehabt hatte.

»Aber alle haben Angst davor, eine Rede zu halten«, sagte er und legte den Bus in eine Kurve, »alle, die ich kenne.«

»Ja, alle«, nickte ich.

Als ich nach Hause kam, war Mama etwas merkwürdig. Sie redete nicht wie sonst, fragte nicht nach der Schule. Oder nach meinen Freunden. Und als Papa nach Hause kam, sagte er, sie wollten mit mir reden. Sie hatten wohl vorher miteinander gesprochen, am Telefon. Mama und er.

»Ich habe heute einen Anruf bekommen«, erzählte Mama. »Von einem deiner Klassenkameraden. Er hat mir erzählt, dass du tätowiert bist.«

»Ja.«

»Hast du das selbst gemacht?«, fragte Papa.

»Nein.«

Dann wollten sie es sehen.

»Der Baum und der Blitz von dem Foto«, sagte Papa.

»Warum hast du das gemacht?«, fragte Mama. »Du weißt doch, das geht nie wieder weg. Warum hast du das gemacht?«

»Weil ich mich getraut habe«, sagte ich.

»Weil du dich getraut hast?«

Ich nickte.

»Weil er sich getraut hat«, sagte Papa.

»Weil du dich getraut hast?«, fragte Mama.

»Ja, weil ich mich getraut habe«, wiederholte ich.

»Was getraut? Du hast doch keine Angst vor irgendetwas, oder? Wovor hast du denn Angst?«

»Vor nichts.«

»Ist das der Grund, dass du in der Schule nicht redest? Und keine Freunde mit nach Hause bringst? Dich nachmittags nie verabredest? Weil du Angst hast?« Papa schaute mich ernst an. Ich antwortete nicht, sondern sah auf den Boden. Mir war übel.

»So etwas darfst du nicht noch einmal machen«, sagte Mama.

»Nein.«

Dann aßen wir. Hinterher schaltete mein Vater das Radio ein. Sie berichteten über die Demonstranten und die Bäume.

»Ich habe keine Angst«, sagte ich meinen Eltern noch einmal.

»Das ist gut«, sagte Mama.

»Du hast wohl nie Angst«, sagte Papa.

»Nein«, bestätigte ich.

Nach dem Essen fuhr ich mit dem Rad zu den Demonstranten. Zu denen mit den Bäumen. Gleich daneben stand ein Polizeiwagen. Die Polizisten saßen drinnen. Direkt neben den Bäumen parkten gelbe Baumaschinen. Die Arbeiter, die sie fuhren, hatten wohl schon Feierabend. Es waren nur noch die Demonstranten dort. Das Mädchen, das ich vor ein paar Tagen getroffen hatte, stand da und telefonierte mit ihrem Handy. Als sie mich entdeckte, winkte sie. Dann kam sie auf mich zu.

»Hallo«, sagte sie.

»Hallo«, sagte ich.
»Bist du zurückgekommen?«
»Ja«, sagte ich.
»Morgen geht es los«, sagte sie. »Dann wollen sie unsere Bäume fällen. Morgen ganz früh. Dann kommt es drauf an.«
»Ja«, sagte ich, »dann kommt es drauf an.«
»Du unterstützt uns doch, oder?«, fragte sie und zeigte auf den Button, den ich auf dem Pullover trug.
»Ja«, sagte ich.
»Prima«, meinte sie, drehte sich um und wollte gehen.
»Ich habe ein Tattoo«, sagte ich, »von einem Baum.«
»Du? Ein Tattoo? Lass mal sehen.«
Ich zeigte ihr meine Tätowierung.
»Wow«, sagte sie, »die Zeichnung hast du ja bei uns geklaut. Das Foto haben wir auf unserer Homepage.«
»Ja«, sagte ich. »Das ist das Bild.«

Geir hatte keine Tätowierung, erklärte er. Aber er hätte gern eine gehabt, wenn er sich trauen würde.
»Ich habe eine«, sagte ich.
»Ich glaube, jetzt nimmst du mich auf den Arm«, erwiderte er.
»Nein, ich nehme dich nicht auf den Arm. Ich habe mich getraut.«
»Stimmt das? Hast du tatsächlich eine Tätowierung? Nur um zu zeigen, dass du dich getraut hast?«
»Ja.«
»War das so eine gute Idee?«
»Ja.«
»Na ja, vielleicht ja doch. Und wissen deine Eltern davon?«
»Ja, jetzt ja.«

Geir lachte.

»Du bist schon was Spezielles, das muss man sagen. Ich glaube, ich hätte mir etwas anderes einfallen lassen, um zu zeigen, dass ich mutig bin.«

»Und was, Geir?«

»Na, was auch immer. Vielleicht Fallschirmspringen. Von einem hohen Berg oder so. Oder auf die Spitze eines hohen Bergs klettern. Oder eine Rede halten.«

»Ist das mutig? Eine Rede zu halten?«

»Für solche wie mich, die nicht vor größeren Gruppen reden mögen, ist es mutig, ja. Ich glaube, ich würde auch lieber irgendwo hinaufklettern. Auf einen Berg oder vielleicht ein hohes Gebäude. So etwas in der Art.«

»Ich werde ganz hoch klettern«, sagte ich. »Weil ich mich traue.«

Es war früh am Morgen. Mama war als Erste aufgestanden. Kurz danach konnte ich auch Papa hören. Er war im Bad und rasierte sich.

»Balder«, rief er, »aufstehen!«

Aber ich war bereits aufgestanden. War schon auf dem Weg ins Bad.

»Du bist ja früh dran heute«, sagte Papa.

»Ja.«

»Fährst du heute wieder mit dem Rad?«, fragte Mama.

»Nein.«

»Du bist die letzten Tage immer mit dem Rad gefahren.«

»Ja.«

Ich sagte Tschüs und ging zur Bushaltestelle, ohne mich vorher nach Verspätungen zu erkundigen. In der Tasche hatte ich Geld. Falls der Neue wieder fuhr. Geld und die Monatskarte. Aber Nancy saß hinter dem Steuer. Sie lächelte mir zu.

»Da bist du ja wieder«, sagte sie. »Und mit neuer Brille, flott. Lange nicht gesehen. Bist du krank gewesen?«

»Nein, ich bin die letzten Tage nur mit dem Fahrrad gefahren.«

»Keine schlechte Idee, so eine Fahrradtour frühmorgens.«

»Der Neue hat gesagt, ich muss im Bus bezahlen. Ich durfte nicht mitfahren.«

Nancy sah mich an.

»Du durftest nicht mitfahren? Das ist ja blöd. Aber jetzt ist es so oder so mit unseren Morgenfahrten vorbei. Ab Montag legen sie die Busroute um. Wir fahren auf einer anderen Strecke nach Vik hinaus. Und haben dafür zehn Minuten weniger Zeit. Deshalb fahre ich hier nicht mehr vorbei in der Richtung. Sie haben festgestellt, dass es sowieso nie Fahrgäste auf dieser Strecke gibt.«

Schnell schaute sie mich wieder an. »Abgesehen von dir, Balder, natürlich. Aber du zählst wohl nicht so richtig.«

»Ich werde ab jetzt mit dem Rad fahren«, sagte ich.

»Keine schlechte Idee mit einer Fahrradtour morgens.«

Sie hielt den Bus vor einer roten Ampel an.

»Na, hier ist ja was los«, sagte sie. »Mit Polizei und allem.«

Die Demonstranten standen um den größten Baum herum. Ich konnte das Mädchen sehen, mit dem ich geredet hatte.

»Ich muss hier raus«, sagte ich.

»Du willst aussteigen?«

»Ja.«

»Ist etwas nicht in Ordnung?«

»Doch, doch.«

»Soll ich dich auf der Rückfahrt hier wieder abholen?«

»Nein.«

»Na gut, du musst es ja wissen.«

Nancy öffnete die Tür und ließ mich hinaus. Drei Polizeiwagen waren am Zeltlager der Demonstranten vorgefahren. Viele Arbeiter in Overalls standen bei den gelben Baumaschinen. Alle Demonstranten hatten sich um den Baum gestellt. Ich konnte sehen, dass sie eine Kette um sich und um den Baum befestigt hatten. Einer der Polizisten redete mit ihnen.

Ich ging zu der jungen Frau, mit der ich mich schon einmal unterhalten hatte.

»Na, da ist ja unser Unterstützer mit der Tätowierung. Willst du zusehen, wie die Polizei uns abtransportiert?«

Ich schüttelte den Kopf.

»Was willst du dann?«

»In den Baum klettern.«

»Hier? Du willst in diesen Baum klettern?«

Ich nickte.

»Das ist gefährlich«, sagte sie.

»Ich habe keine Angst«, sagte ich. »Ich habe keine Angst.«

»Okay, dann los.«

Jemand hob mich auf die untersten Zweige hoch. Dann kletterte ich hinauf. Einer der Polizisten sah, was passierte. Er rief, ich solle wieder herunterkommen. Aber ich kam nicht herunter. Ich kletterte weiter hoch. Meine Brille blieb an einem Zweig hängen und rutschte mir von der Nase. Ich ließ mich dadurch nicht aufhalten, sondern trat auf sie. Mit Absicht. Die Brille brach durch und fiel zu Boden. Ich kletterte weiter. Hinauf in die Baumspitze. So weit ich kommen konnte. Die Demonstranten unten auf dem Boden applaudierten. Ein Polizist hatte ein Megafon geholt. Er sagte, ich solle sofort hinunterkommen. Dass das, was ich da tat, gefährlich sei und gegen das Gesetz verstoße.

»Hörst du mich?«, rief er.

Ich gab keine Antwort. Aber ich hörte ihn. Ich saß oben in dem Baum und schaute mich um. Betrachtete die Wolken, den Himmel. Der Mond war aufgegangen. Ein weißer Mond vor einem blauen Himmel. Ein langer weißer Strich von einem Jetflugzeug durchschnitt das Blau. Ein Strich, der am Ende immer dicker wurde und sich zum Schluss in kleine weiße Büschel auflöste. Der Polizist rief immer weiter. Jemand schaltete eine der Baumaschinen an. Als ich hinunterschaute, konnte ich sehen, wie sie vom Baum wegfuhr. Aber die Polizeiwagen standen weiterhin dort. Hinten auf der Straße wartete eine ganze Reihe von Autos vor der roten Ampel. Der Bus stand ganz hinten in der Schlange. Ich winkte Nancy zu, doch sie sah mich nicht. Sie wusste nicht, dass ich oben auf dem Baum war. Sie sah nur die Polizisten und die Demonstranten unten auf der Erde. Nicht den, der oben im Baum saß.

Das Laub um mich herum war gelb, und jedes Mal, wenn ich mich etwas anders hinsetzte, lösten sich einige Blätter und fielen zu Boden. Eine Weile saß eine Elster auf einem Ast, nur wenige Meter von mir entfernt. Vielleicht hatte sie ja ihr Nest hier im Baum. Vielleicht wohnte sie hier. Oder war in diesem Baum geboren worden. Viele Vögel werden in Bäumen geboren. Sie stand eine Weile ruhig da und wippte mit ihrem Schwanz, dann flog sie davon. Gleich neben mir sah ich einen grünen Fleck und ein paar grüne Zweige. So etwas hatte ich schon mal gesehen, in einem Baum in unserem Garten. Meine Mutter hatte mir gesagt, dass das Mistelzweige waren. Die bringen Glück, sagte sie. Papa meinte nur, das bedeutet, dass wir den Baum nicht fällen dürfen, auch wenn wir wollten. Alle Bäume mit Mistelzweigen stehen unter Naturschutz. Man darf sie nicht fällen.

»Hallo«, rief ich denen da unten zu. Den Demonstranten.

»Hallo«, riefen sie zurück, »alles in Ordnung?«

»Ja. Hier wächst eine Mistel. Dann darf der Baum gar nicht gefällt werden.«

»Wächst da eine Mistel?«

»Ja.«

»Bist du dir sicher?«

»Ja. Eine ziemlich große.«

Alle redeten durcheinander. Nach einer Weile kam ein Wagen mit einem Hubkasten angefahren. Er stellte sich ganz dicht an den Baum. Vier Personen kletterten in den Hubkasten und wurden zu mir hochgefahren.

»Wo ist die Mistelpflanze?«, fragte eine Frau mit grauen Haaren.

Ich zeigte es ihr.

»Das stimmt, das ist eine Mistel«, sagte sie. »Und zwar eine von der großen Sorte. Die sind selten hier in der Gegend. Die großen.«

Zwei Leute fotografierten die Pflanze. Ein Mann telefonierte mit seinem Handy. Dann fragte die Frau, ob ich hinunter wollte, zusammen mit ihnen. In dem Korb.

»Nein.«

Nach einer Weile rief einer der Demonstranten mir zu, dass der Baum gerettet sei. Aufgrund der Mistel. Jetzt konnte ich hinunterkommen. Ich begann den Abstieg. Meine Beine zitterten. Als ich mich vorbeugte, sah ich, wie etwas auf die gelben Blätter und den Baumstamm tropfte. Es war Blut. Mein Blut. Blutstropfen. Der Baumstamm war dunkel. Das Blut war nicht zu sehen. Aber es war da. Auf meinem Baum. Dem Blutbaum.

Als ich auf dem Boden angekommen war, kamen viele, um mir zu danken. Einige machten Fotos von mir. Andere sagten, ich sei mutig. Und ich würde sicher in die Zeitung kommen. Ich sei der Held des Tages. Ein Mann mit Bart kam zu mir und gab mir ein T-Shirt.

»Du bist Balder, nicht wahr?«, fragte er.

Ich nickte.

»Weißt du, wer ich bin?«, fragte er.

Ich schüttelte den Kopf. Aber ich wusste, wer er war. Ich erkannte seine Stimme wieder.

»Ich bin Geir«, sagte er. »Und weißt du was, jetzt hast du Freunde. Alle hier sind deine Freunde.«

Ich schaute mich um. Alle, die um mich standen, lächelten. Und sie lächelten mich an. Mich.

© Elisabeth Tønnessen

Bjørn Ingvaldsen wurde 1962 in Odda/Norwegen geboren. Er war einige Jahre Journalist und arbeitete in einem Museum. Sein erstes Buch wurde 1995 veröffentlicht, seitdem hat er zahlreiche weitere Bücher geschrieben, für Erwachsene ebenso wie für Kinder und Jugendliche. Seine Titel wurden mit verschiedenen Preisen ausgezeichnet und in mehrere Sprachen übersetzt. Nach *Lucy's Song* ist der vorliegende Roman sein zweites Buch im Boje Verlag.

In einem roten Cabriolet durch Paris

Bjorn Ingvaldsen
LUCY'S SONG
Aus dem Norwegischen
von Christel Hildebrandt
128 Seiten
ISBN 978-3-414-82312-0

Ich weiß, dass Mama sehr krank ist. Vielleicht muss sie sogar sterben. Sie sieht so klein aus in ihrem Krankenhausbett. Umso mehr möchte ich unbedingt, dass wir gemeinsam nach Paris fliegen. Dort fahren wir dann im roten Cabrio durch die Stadt. Wie in dem Song, den sie so gerne hört ...

Eine beeindruckende Geschichte über einen Jungen, der seiner kranken Mutter ihren größten Wunsch erfüllt.

So ticken Teenager

Zoë Beck
EDVARD
Mein Leben, meine Geheimnisse
192 Seiten
ISBN 978-3-8339-0053-2

Edvard ist 15 uns eines seiner größten Probleme ist, dass er zu viel Freiraum hat wie soll er denn bitte bei so toleranten Eltern pubertäre Proteste äußern? Damit nicht genug, Edvard kriegt nicht wirklich was auf die Reihe, eine Katastrophe jagt die nächste. Das scheint sein Schicksal. Ebenso wie es sein Schicksal zu sein scheint, dass die liebliche Constanze leider so gar kein Interesse an ihm hat. Edvard fängt an, einen privaten Blog zu schreiben. Doch dann wird der Blog durch einen Fehler öffentlich und so kann jeder Leser verfolgen, was in Edvards Leben alles passiert ... Ein Roman, so modern und authentisch wie ein Blog im Internet